Cuentos C[...]
Vol. [...]

Por

Antón Pávlovich Chéjov

Copyright del texto © 2023 Culturea ediciones
Sitio web : http://culturea.fr
Impresión: BOD — Books on Demand (Norderstedt, Alemania)
Correo electrónico : infos@culturea.fr
ISBN :9791041937431
Depósito legal : abril 2023

CARTA A UN VECINO ERUDITO

Aldea de Bliny-Siédeny

Querido vecino:

Maxim… (He olvidado su apellido paterno, tenga la bondad de excusarme por ello). Excuse y perdone a este viejo viejales y a esta absurda alma humana por atreverse a importunarle con sus lamentables balbuceos epistolares. Hace ya un año que tuvo usted a bien fijar su residencia en esta parte del orbe, en vecindad con este hombre menudo que sigue sin conocerle, y a esta deplorable libélula a la cual usted no conoce.

Permita, distinguido vecino, que aunque sea mediante estos seniles jeroglifos, le conozca, bese mentalmente su erudita mano y salude su llegada desde San Petersburgo a este indigno continente, habitado por muzhiks y campesinos, esto es, por elementos plebeyos. Ha tiempo que buscaba la ocasión de conocerle, la ansiaba, puesto que la ciencia en cierto modo es nuestra madre natural, al igual que la civilización, y puesto que respeto cordialmente a las personas cuyo nombre y título ilustres, coronados por la aureola de la gloria popular, por los laureles, los timbales, las órdenes, las condecoraciones y los diplomas, retumban como el trueno y el relámpago por todas las partes de este orbe visible e invisible, es decir, sublunar. Amo apasionadamente a los astrónomos, a los poetas, a los metafísicos, a los profesores asociados, a los químicos y a otros sacerdotes de la ciencia, entre los cuales se cuenta usted por sus inteligentes hechos y ramas de la ciencia, esto es, por sus productos y sus frutos. Dicen que usted ha publicado muchos libros en el curso de su labor intelectual en compañía de probetas, termómetros y un montón de libros extranjeros con atractivos dibujos.

Hace poco recibí en mis modestas posesiones, en mis ruinas y escombros, la visita del pontifex maximus local, el padre Guerásim, y con el fanatismo propio de él, criticó y censuró sus pensamientos e ideas sobre el origen del hombre y otros fenómenos del mundo visible, y se indignó y acaloró contra su propia esfera intelectual y su horizonte mental lleno de astros y aeroglitos. No estoy de acuerdo con el padre Guerásim en lo que respecta a sus ideas, porque sólo vivo y existo para la ciencia, que la Providencia concedió a la especie humana para la extracción desde las profundidades del mundo visible y del invisible de metales preciosos, metaloides y brillantes. Sin embargo, perdone a este insecto apenas visible, si me permito refutar, al modo de los viejos, algunas de sus ideas concernientes a la esencia de la Naturaleza.

El padre Guerásim me ha comunicado que usted ha escrito una disertación en la que se permite exponer ideas nada sustanciales sobre los hombres, su estado primitivo y su modo de vida antediluviano. Se permite escribir que el hombre procede de la raza simiesca de los macacos, orangutanes, etcétera. Perdone a este anciano, pero respeto a este punto no estoy de acuerdo con usted y puedo refutárselo a mi modo. Pues, si el hombre, el soberano del universo, el más inteligente de los seres vivos, procediera de un simio tonto e ignorante, tendría rabo y una voz salvaje. Si procediéramos del mono, los gitanos nos llevarían para mostrarnos por las ciudades y pagaríamos dinero por exhibimos bailando a las órdenes de un gitano o metidos en una jaula de fieras. ¿Acaso estamos completamente cubiertos de pelo? ¿Acaso no vamos vestidos y los simios no van desnudos? ¿Acaso amaríamos y no desdeñaríamos a una mujer que oliera, aunque sólo fuera un poco, como la mona que vemos cada martes en casa del Decano de la Nobleza? Si nuestros antepasados procedieran de los monos, no les habrían enterrado en un cementerio cristiano. Por ejemplo, mi tatarabuelo Ambrosi, que vivió en tiempos remotos en el reino de Polonia, no fue enterrado como un simio, sino junto al abate católico Yoakim Shostak, cuyas notas sobre los climas templados y el uso desmedido de bebidas ardientes conserva mi hermano Iván (que es comandante). Abate quiere decir pope católico. Disculpe al ignorante que soy si me inmiscuyo en sus asuntos científicos e interpreto las cosas como un anciano y le impongo mis ideas silvestres y un tanto chapuceras, las cuales consideran los eruditos y la gente civilizada que residen más en el estómago que en la cabeza. No puedo callar y no soporto cuando los sabios razonan altivamente y no puedo no contradecirle a usted.

El padre Guerásim me ha comunicado que usted tiene ideas equivocadas sobre la luna, es decir, el astro que reemplaza al sol en las horas de oscuridad y tiniebla, cuando la gente duerme, y que usted lleva la electricidad de un lugar a otro y fantasea. No se ría de este anciano por escribir de manera tan tonta. Usted escribe que en la luna, es decir, en ese astro, viven y residen gente y pueblos. Eso nunca puede suceder, porque si viviera gente en la luna nos taparían la luz mágica y fantástica con sus casas y sus fértiles pastizales. Sin la lluvia, la gente no puede vivir, y cuando llueve, el agua cae hacia abajo, a la tierra, y no hacia arriba, a la luna. La gente que viviera en la luna se caería abajo, a la tierra. Y eso no sucede. Las basuras y las aguas residuales caerían en nuestro continente desde la luna habitada. ¿Puede vivir gente en la luna si ésta sólo existe de noche y de día desaparece? Y los gobiernos no pueden permitir que se viva en la luna, porque, debido a su larga distancia y a la imposibilidad de llegar hasta ella, se podría escapar fácilmente de las obligaciones. Usted se ha equivocado un poco.

Usted ha escrito e impreso en su sabia disertación, como me ha dicho el padre Guerásim, que sobre la faz de la más grande luminaria, el sol, hay pequeñas manchas negras. Eso no es posible, porque nunca será posible. ¿Cómo podría ver usted manchas en el sol, si no se puede mirar al sol con los simples ojos de los hombres? ¿Y para qué sirven esas manchas, si se puede pasar sin ellas? ¿De qué cuerpo húmedo están hechas esas manchas si no brillan? ¿Quizás es que, según usted, viven peces en el sol? Perdone a este bruto por haber hecho una broma tan tonta. Soy un devoto acérrimo de la ciencia. El rublo, esa gran vela del siglo XIX, no tiene para mí ningún valor, la ciencia lo ha eclipsado, a mi modo de ver, con sus velas ulteriores. Cada descubrimiento me tortura como un clavo en la espalda. Aunque soy un ignorante propietario chapado a la antigua, sin embargo, este viejo pillo cultiva la ciencia y realiza descubrimientos con sus propias manos, y llena su disparatada cabecita, su cráneo salvaje, con pensamientos y una serie de conocimientos sublimes.

La madre Naturaleza es un libro que hay que leer y ver. He realizado muchos descubrimientos con mi propia inteligencia, los cuales no han sido inventados aún por ningún reformador. Diré, sin vanagloriarme de ello, que no soy uno de los últimos en lo que respecta a la erudición, extraída de los callos y no de la riqueza de los padres, esto es, padre y madre o tutores, que arruinan a sus hijos por medio de la riqueza, el lujo y las viviendas de seis pisos con esclavos y timbres eléctricos. He aquí lo que ha descubierto mi insignificante cerebro. He descubierto que nuestra gran y radiante clámide de fuego, el sol, en el día de la Santa Pascua juega de manera curiosa y pintoresca con los colores multicolores y produce con su asombroso centelleo una viva impresión. Otro descubrimiento: ¿Por qué en invierno el día es corto y la noche larga, y al contrario en verano? El día invernal es corto porque, de modo similar a como ocurre con los demás objetos visibles e invisibles, se contrae con el frío y por eso se pone el sol tan pronto, mientras que la noche se dilata con el calor de candiles y farolas. También he descubierto que en primavera los perros comen hierba como las ovejas y que el café es perjudicial para las personas que tienen mucha sangre, porque produce vértigos en la cabeza y nubla la vista, entre otras cosas. He hecho muchos otros descubrimientos, aun cuando no poseo certificados ni diploma alguno. Visíteme cuando quiera, querido vecino. Descubriremos alguna cosa juntos, haremos literatura, y usted me instruirá un poco sobre diversos cálculos.

Recientemente he leído en un sabio francés que el morro de los leones no se semeja en nada al rostro humano, como creen los eruditos. También podremos hablar de eso. Venga a verme, se lo ruego. Venga, aunque sea, por ejemplo, mañana. Ahora observamos la Cuaresma, pero para usted prepararemos otra comida con carne. Mi hija Natáshenka le pide que traiga consigo algunos libros inteligentes. Es una muchacha emancipada, cree que todos son imbéciles y que sólo ella es inteligente. La juventud de hoy —le diré — manifiesta sus ideas. ¡Que Dios la guarde! Dentro de una semana vendrá a mi casa mi hermano Iván (que es comandante), un buen hombre, aunque entre nosotros le diré que no le gusta el bourbon ni la ciencia. Esta carta debe entregársela en mano mi encargado Trofim a las ocho en punto de la tarde. Si llega más tarde, dele un cachete, como hacen los profesores, con esta gente no hay que andarse con ceremonias. Si se la lleva más tarde, quiere decir que el anatema ha ido a la taberna. La costumbre de visitar a los vecinos no la hemos inventado nosotros y no se acabará con nosotros. Por eso, es indispensable que se traiga sus máquinas pequeñas y sus libros. Yo iría de buen grado a visitarle, pero soy demasiado tímido y no me atrevo a hacerlo. Disculpe a este pillo por la molestia.

Respetuosamente queda a su disposición,

Vasili Semi-Bulátov

Suboficial de los Cosacos del Don y Decano de la Nobleza.

¿QUÉ ES LO QUE MÁS SE DA EN LAS NOVELAS, RELATOS, ETCÉTERA?

Un conde, una condesa con señales de la belleza que tuvo alguna vez, un vecino barón, un escritor liberal, un noble arruinado, un músico extranjero, unos sirvientes poco avispados, unas niñeras, institutrices, un administrador alemán, un squire y un heredero de América. Rostros feos pero simpáticos y atractivos. Un héroe que salva a una heroína de un desbocado corcel, brioso y resuelto a mostrar la fuerza de sus puños cuando se presenta la ocasión.

Alturas celestiales, una lejanía impenetrable, enorme... inconmensurable, en una palabra: ¡la naturaleza!

Amigos rubios y enemigos pelirrojos.

Un tío rico, liberal o conservador, dependiendo de las circunstancias. Sus enseñanzas no le son tan útiles al héroe como lo es su muerte.

Una tía en Tambov.

El doctor con el semblante preocupado, que da esperanzas durante una crisis; habitualmente tiene calvicie y un bastón con pomo. Y donde hay un doctor, también hay reuma por trabajos duros, migrañas, derrames cerebrales, curas a un herido por duelo, y el inevitable consejo de ir a los baños.

Un sirviente que ya sirvió a los antiguos señores, preparado a meterse en lo que sea por ellos, incluso en el fuego. Bastante ingenioso.

Un perro al que sólo le faltaría hablar, un loro y un ruiseñor.

Una dacha en los alrededores de Moscú y una hacienda hipotecada en el sur.

Electricidad, en la mayoría de los casos encendida sin sentido.

Un billetero de piel rusa, porcelana china, una silla de montar inglesa, un revólver que no falla, una condecoración en el ojal, pifias, champán, trufas y ostras.

Grandes descubrimientos conseguidos por escuchar algo inintencionadamente.

Una cantidad incalculable de interjecciones e intentonas de dejar caer un tecnicismo.

Sutiles insinuaciones sobre situaciones bastante densas.

Muy a menudo, ausencia de final.

Los siete pecados capitales al inicio y una boda al final.

Un final.

EJERCICIOS VERANIEGOS DE LA COLEGIALA NADIENKA N.

LENGUA RUSA

a) Cinco ejemplos de unión de oraciones:

1. Recientemente, Rusia tuvo guerra con el extranjero, y fueron muertos muchos turcos.

2. El ferrocarril chirría, lleva gente y está hecho de hierro y materiales.

3. La carne de sopa es de vaca o de buey, y la de los pinchos morunos, de oveja y carnero.

4. A papá le han hecho un feo en la oficina y no le han concedido una condecoración, pero él se ha enfadado y ha pedido la jubilación por motivos familiares.

5. Adoro a mi amiga Duna Peshemoreperejadiaschenskaia por lo aplicada que es durante las lecciones y por lo bien que sabe representar al húsar Nikolai Spiridonich.

b) Régimen de palabras:

1. Durante la Cuaresma, los popes y los diáconos se niegan a celebrar casamientos.

2. Los muzhiks viven en casas de campo en invierno y en verano y pegan a

las bestias, pero están horriblemente sucios a causa de la brea y de que no tienen criadas ni porteros.

3. A los padres les gusta casar a sus hijas con militares que disponen de una fortuna y de casa propia.

4. Niño: respeta a tu papá y a tu mamá; si así lo haces, serás un niño modelo y te amarán todos tus conocidos.

5. Antes de que se diera cuenta se le hecho el oso encima.

Composición:

¿Cómo he pasado las vacaciones?

Apenas aprobé mis exámenes, me marché con mi madre, con los muebles y con mi hermano Iván, estudiante de tercer grado de bachillerato, a una casa de campo. Se vinieron con nosotros Katia Kuzevich con su papá y su mamá, Zina, el pequeño Yegórushka, Natasha y muchas otras amigas mías que paseaban y bordaban conmigo al aire libre.

Había muchos hombres, pero las chicas nos manteníamos apartadas de ellos y no les prestábamos la menor atención. Yo leí una infinidad de libros de Mescherski, de Maikov, de Dumas, de Livanov, de Turguéniev y de Lomonósov. La Naturaleza estaba en su apogeo. Los árboles jóvenes crecían muy juntos; ningún hacha había tocado todavía sus esbeltos troncos. Una sombra no muy oscura, pero casi completa, formada por las hojas, caía sobre la yerba, blanda y fina, toda salpicada de doradas cabecillas de hemeralopia, de blancas campanillas y de crucecillas escarlata, de clavellinas silvestres (copiado de Quietud, de Turguéniev). El sol salía y se ponía. Por la parte donde apuntaba el alba, volaba una bandada de pájaros. Un pastor apacentaba sus rebaños en el campo, y unas nubecillas flotaban un poco más abajo del cielo. Me gusta la naturaleza una barbaridad.

Mi papá se ha pasado todo el verano con una gran preocupación: al maldito Banco, sin encomendarse a Dios ni al Diablo, se le ocurrió intentar vender nuestra casa, y mamá iba siempre detrás de papá no fuera a ser que tratara de suicidarse. Total, que si he pasado unas buenas vacaciones, ha sido porque me he portado bien y me he dedicado a las ciencias.

ARITMÉTICA

Problema.— Tres comerciantes han aportado a un negocio un capital que al cabo de un año proporciona un beneficio de 8000 rublos. ¿Cuánto corresponderá a cada uno de ellos si sabemos que el primero aportó 35 000 rublos, el segundo 50 000 y el tercero 70 000?

Solución.— Para resolver este problema ha de saberse cuál de ellos aportó más; para ello hay que restar las tres cifras entre sí, y sabremos que el tercer comerciante aportó más que ninguno porque no puso 35 000 ni 50 000, sino 70 000. Ahora procuraremos conocer cuánto recibió cada uno. Para ello dividimos 8000 en tres partes de modo que la mayor corresponda al tercero, 8 entre tres, a 2 (3 x 2 = 6). Muy bien. Restamos 6 de 8 y nos quedan 2. No nos llevamos nada. Restamos 18 de 20 y otra vez nos da 2. No nos llevamos nada, y así hasta el fin. Obtenemos un resultado de 2666 con 2/3, que es lo que se trataba de demostrar, es decir, que cada comerciante recibió 2666 rublos con 2/3, y el tercero, probablemente, un poco más.

Certifica su autenticidad,

Chejonté

PAPÁ

Mamá, seca como una sardina, entró en el gabinete de papá, gordo y redondo como un escarabajo, y tosió, para dar cuenta de su presencia. Al entrar ella, la criada saltó de las rodillas de papá y se escondió tras una cortina. Mamá no le prestó la menor atención: estaba acostumbrada a las pequeñas flaquezas de papá y las miraba desde el punto de vista de una esposa inteligente, que sabe comprender a un marido moderno.

—Papaíto —dijo, sentándosele en las rodillas—: Vengo a pedir tu consentimiento, querido. Límpiate los labios, que quiero darte un beso.

Papá pestañeó, sorprendido, y se limpió la boca con la manga.

—¿Qué quieres? —preguntó.

—Pues verás, papaíto: ¿qué vamos a hacer con el niño?

—¿Sucede algo?

—¿Y no lo sabes? ¡Dios santo, qué despreocupación la de los hombres! Pues bien podías cumplir tu papel de padre, ya que no quieres…, no puedes cumplir el de marido.

—¿Otra vez con lo mismo? Ya lo he oído mil veces.

Papá se removió inquieto, y mamá estuvo a punto de caerse de sus rodillas:

—Todos los hombres sois iguales. No os gusta que os digan la verdad.

—¿A qué has venido tú? ¿A hablar de la verdad o de tu hijo?

—Bueno, bueno, me callaré… Papaíto, tu hijo ha vuelto a traer malas calificaciones del instituto.

—Está bien. ¿Y qué?

—¿Cómo que qué? No le permitirán presentarse a exámenes. Y no podrá pasar al cuarto curso.

—Pues que no pase. No se va a hundir el mundo. Lo que hace falta es que estudie y que no dé mucha guerra en casa.

—Pero, papaíto, ¡si tiene quince años! ¿Cómo va a continuar en el tercer curso con esa edad? Ya lo ves: ese miserable del profesor de aritmética ha vuelto a ponerle un dos. ¿Qué te parece?

—Lo que me parece es que el niño se merece una buena tunda.

Mamá pasó el dedo meñique por los carnosos labios de papá, y le pareció haber fruncido las cejas con un gesto de coquetería:

—¡No, papaíto! ¡No me hables de castigos! Nuestro hijo no tiene ninguna culpa… Aquí hay una intriga… El niño, modestia aparte, posee tales dotes que es imposible que no sepa cosas tan simples como la aritmética. De fijo que la sabe. Estoy segura.

—No es más que un charlatán. Si jugara menos y estudiara más… Haz el favor de sentarte en una silla… No creo que estés muy cómoda en mis rodillas.

La madre abandonó las rodillas del padre y, con paso que a ella le pareció de cisne, se dirigió a una butaca.

—¡Dios mío, qué falta de sensibilidad! —murmuró, sentándose y cubriéndose los ojos con la mano—, ¡No, tú no quieres a tu hijo! ¡A un hijo tan bueno, tan listo, tan hermoso!… ¡Intriga, intriga! ¡No, no debe repetir el curso! ¡Yo lo impediré! ¡No lo permitiré!

—Lo permitirás, porque el muy granuja estudia mal… ¡Ay, las madres! Bueno, márchate con Dios. Tengo que hacer unas cosillas…

Papá se volvió hacia la mesa, se encorvó sobre un papel; y, con el rabillo del ojo, miró hacia la cortina como un perro a un plato de carne.

—Papaíto, no me voy, no me voy… Ya veo que te estorbo, pero has de aguantarte. Debes ir a ver al profesor de aritmética y ordenarle que ponga buenas calificaciones al niño… Tienes que decirle que nuestro hijito conoce bien la aritmética; pero está delicado de salud y por eso no puede satisfacer a todos. Oblígale. ¿Cómo va a estar un hombre hecho y derecho en el tercer curso? ¡Muévete, papaíto! ¿Querrás creerlo? Sofía Nikoláievna encuentra a nuestro hijo un parecido con Paris…

—Lo celebro mucho, pero no pienso ir. No puedo perder el tiempo yendo y viniendo de un lado para otro.

—¡Irás, papaíto!

—De ningún modo… Lo dicho, dicho está. Bueno, anda, márchate, alma mía… Mira que tengo aquí unos asuntillos que resolver…

Mamá se levantó y alzó el tono:

—¡He dicho que irás!

—¡Ni hablar de eso!

—¡Irás! —gritó ella—; y si no vas, si no tienes compasión de tu único hijo…

Pronunció las últimas palabras como un alarido; y, con un gesto de trágica teatralidad, señaló a la cortina… El papaíto, desconcertado y confundido, se puso a cantar, muy a despropósito, por cierto; y se quitó la levita. Se aturdía, convirtiéndose en un idiota rematado, cada vez que la mamaíta le señalaba la cortina, y capituló. Llamaron al niño y le exigieron un juramento. El angelito se enojó, arrugó el ceño, puso una cara muy seria; y declaró que sabía más aritmética que el profesor y que él no tenía la culpa de que en este mundo las calificaciones de sobresaliente fueran tan sólo para las señoritas, los ricos y los aduladores. Dicho esto, rompió a llorar; y, acto seguido, indicó la dirección del profesor de aritmética, con todos sus detalles. El papaíto se afeitó, se pasó el peine por la calva, se vistió lo mejor que pudo y se fue a «tener compasión de su único hijo».

Siguiendo la costumbre de la mayoría de los papás, entró a ver al profesor sin anunciarse. ¡Y qué cosas se ven y se oyen cuando uno no se anuncia! El papá oyó al profesor decir a su mujer: «Me cuestas muy cara, Ariadna… Tus caprichos no tienen límite». Y vio cómo la mujer se lanzaba al cuello del marido diciendo: «¡Perdóname! Tú me sales muy barato, pero te aprecio muchísimo». El papá encontró muy bella a la señora del profesor, y pensó que de haber estado totalmente vestida no le hubiera parecido tan hermosa.

—Buenos días —dijo avanzando con desenvoltura hacia el matrimonio y arrastrando un poco los pies. El profesor se sorprendió por un instante, y la señora, ruborizada, huyó a la habitación contigua, con celeridad de relámpago.

—Usted perdone —comenzó el papá sonriendo— Quizá…, quizá les haya importunado… Me hago cargo… ¿Qué tal la salud?… Tengo el honor de presentarme a usted… Como verá, no soy del todo desconocido… Funcionario también… ¡Ja, ja, ja! Pero no se moleste…

El profesor, por puro decoro, sonrió y le ofreció una silla. El papá giró sabré una pierna y tomó asiento.

—He venido a hablar con usted —continuó, mostrando al profesor su reloj de oro—. Sí, señor. Discúlpeme, por favor… No soy un maestro en el arte de expresarse. Ya sabe usted que los de nuestro gremio somos gente sencilla. ¡Ja, ja, ja! Usted habrá estudiado en la universidad.

—Pues sí, señor.

—Ya, ya… Naturalmente… ¿Sabe que hoy hace calor?… Pues verá, Iván Fiódorich: ha puesto usted unos cuantos doses a mi hijo… ¡Ejem!… Sí, señor… Pero la cosa carece de importancia… A cada cual lo que se merece… Para él será una lección, un favor… ¡Je, je, je! Sin embargo, sabe usted, resulta desagradable. ¿Tan mal comprende el chiquillo la aritmética?

—¿Qué quiere que le diga? No es que la comprenda mal; pero no estudia. Efectivamente, sabe muy poco.

—¿Y eso, por qué?

El profesor puso ojos de asombro.

—¿Cómo que por qué? Pues porque sabe muy poco y no estudia.

—Perdone usted, Iván Fiódorich. Mi hijo estudia admirablemente. Yo mismo le dirijo… Se pasa las noches enteras con los libros… Lo sabe todo a las mil maravillas. Y en cuanto a que retoce un poco…, son cosas de la juventud. ¿Quién de nosotros no ha sido joven? ¿Le molesto?

—¡Ni mucho menos! Hasta le agradezco esto… Ustedes, los padres, son nuestros huéspedes con tan poca frecuencia… Por otra parte, ello da idea de la confianza que tienen ustedes depositada en nosotros. Y la confianza es esencialísima en todas las cosas.

—Evidentemente… Lo principal es no entrometerse… ¿Quiere decirse que mi hijo no pasará al cuarto curso?

—No, señor. No pasará. Tenga en cuenta que no sólo en aritmética le han puesto un dos.

—Habrá que visitar a los restantes profesores. Pero en lo que se refiere a la aritmética… ¡Ejem! ¿Lo arreglará usted?

—Imposible, señor —sonrió el profesor—. No puedo. Yo deseaba que su hijo pasase. Hice lo que pude; pero el chico no estudia, es insolente… He tenido varios disgustos con él.

—Cosas de chiquillos, ¡qué se le va a hacer! Pero usted cambie el dos por un tres.

—No puedo, no.

—¡Tonterías! ¿Me lo va a decir a mí? Como si yo no supiera lo que se puede y lo que no. Usted puede arreglar eso, Iván Fiódorich.

—De ningún modo. ¿Qué dirán los otros suspendidos? Mírese por donde se mire, es una injusticia. De veras que no puedo.

El papá hizo un guiño maligno.

—¡Ya lo creo que puede usted, Iván Fiódorich! ¡Iván Fiódorich! No perdamos el tiempo hablando. No es cosa de estar dándole a la lengua tres horas… Dígame; ¿qué es lo que usted, como profesor, considera justo? Ya conocemos la justicia de ustedes. ¡Je, je, je! Bien podía usted hablar sin equívocos, Iván Fiódorich. Usted le ha puesto al chico un dos con toda intención… ¿Qué justicia es ésa?

Al profesor se le desorbitaron los ojos… y nada más. ¿Por qué no se enfadó? Esto será siempre para mí un secreto del corazón del profesor.

—Con toda intención —prosiguió el papá— Esperaba usted esta visita, ¡je, je, je! Bueno, bueno, de acuerdo. Un tributo es un tributo… Como ve, comprendo las cosas. Por mucho que busquen ustedes el progreso…, a pesar de todo…, sabe, las viejas costumbres son las más útiles… Lo que hay le ofrezco.

El papá, entre resoplidos y jadeos, sacó la cartera del bolsillo; y un billete de veinticinco rublos buscó la mano del profesor.

—Tenga, por favor.

El profesor enrojeció, arrugó el entrecejo… y nada más. ¿Por qué no le mostró al papá la puerta? Esto será siempre para mí un secreto del corazón del profesor.

—No se avergüence —continuó el papaíto— Lo entiendo todo muy bien… Quien dice que no acepta, acepta… ¿Hay alguien que lo rechace? No es posible rechazarlo, amigo mío… ¿No está usted acostumbrado todavía? Ande, tómelo.

—No, por Dios…

—¿Le parece poco? Pues no puedo ofrecer más. ¿Lo acepta usted?

—Perdóneme…

—Bueno, pues allá usted… Pero rectifique el dos. Si viera cómo está la madre… Lloros, palpitaciones y mil cosas más.

—Lo siento en el alma por su esposa, pero no puedo.

—¿Qué va a ser de nosotros si él no pasa al cuarto curso? ¿Se imagina? Pero usted hará que pase…

—De buena gana le ayudaría; pero es imposible. ¿Quiere un cigarrillo?

—Grande merci… ¡Qué bien estaría que lo pasara! ¿Y cuál es el rango de usted?

—Consejero titular…, aunque ocupo un cargo de octava clase. ¡Ejem!

—Vaya, vaya… Usted y yo haremos trato… De un plumazo, ¿oh?, ¿vale? ¡Je, je, je!

—¡No puedo! ¡Aunque me maten!

El papá guardó un breve silencio, meditó un poco y reanudó su ofensiva. Los ataques continuaron largo tiempo. El profesor hubo de repetir alrededor de veinte veces su invariable «no puedo». Por último, el visitante se puso pesado: trató de besar al profesor, pidió que lo examinara de aritmética a él; y llegó, incluso, a contar algunos chistes subidos de tono. Al profesor le daban mareos.

—¡Vania, ya es hora de que te marches! —gritó su esposa desde la habitación vecina. El papá, adivinando la maniobra, interpuso su gruesa humanidad entre el profesor y la puerta. Iván Fiódorich, exasperado, comenzó a quejarse. Y, por último, creyó haber encontrado una salida genial.

—Mire usted —dijo al papaíto—: sólo le rectificaré la calificación a su hijo cuando los demás profesores le pongan un tres en sus asignaturas.

—¿Palabra de honor?

—Palabra. Si mis compañeros lo hacen, yo también lo haré.

—¡Trato hecho! ¡Venga esa mano! ¡No es usted un hombre, sino un tesoro! Les diré que usted ha rectificado ya la calificación. Tras la soga vendrá el caldero. Le debo una botella de champaña. ¿A qué hora suelen estar los profesores en sus casas?

—Quizá ahora.

—Magnífico. Y en cuanto a nosotros, seamos amigos. ¿Pasará usted por nuestra casa? Sin cumplidos.

—Con mucho gusto. Que le vaya bien.

—Au revoir. ¡Je, je, je! ¡Adiós, mi joven amigo! Por supuesto, transmitiré un saludo de usted a sus señores colegas. Lo haré sin falta. A su esposa preséntele de mi parte un respetuoso resumé. Pasen a vernos…

El papaíto dio la vuelta, se puso el sombrero y salió a escape.

«Un tipo simpático —pensó el profesor, al verlo salir—. Un tipo simpático. Dice lo que piensa y no tiene pelos en la lengua. Se ve que es bueno y sencillo. Me gusta esta clase de gente».

Aquella misma tarde, mamá estaba sentada en las rodillas de papá (después le llegaría el turno a la criada); y papá le aseguraba que «el niñito» pasaría al cuarto curso y que a los científicos no es tan fácil doblegarlos con dinero como con un trato agradable y un cortés asedio en regla.

FECHA SOLEMNE

¡Jóvenes amables!

Hace tres años sentí el calor de este fuego sagrado por el que Prometeo fue encadenado a la roca... Y hace tres años que, con mano generosa, envío a todos los rincones de mi inmensa patria mis obras literarias, que han pasado por el purgatorio del fuego a que acabo de hacer alusión. He escrito en prosa, he escrito en verso, he escrito en todos los estilos, maneras y dimensiones, de balde y con esperanza de sacar dinero; y he escrito a todas las revistas; pero ¡ay!, los envidiosos han considerado necesario no publicar mis creaciones, y si alguna vez las han sacado a la luz ha sido en la sección Cartas de los lectores.

Habré gastado medio centenar de sellos de correos en escribir a Niva, un centenar entero en escribir a Neva, una decena en escribir a La llama y cerca de quinientos en escribir a La libélula. Resumiendo: desde el comienzo de mi labor literaria he recibido exactamente dos mil respuestas de diferentes periódicos y revistas. Ayer me llegó la que redondeaba la cifra y que, por su contenido, era análoga a las demás. Ni una sola de estas contestaciones contenía ni siquiera una remota alusión a un sí.

Muchachas y muchachos:

Económicamente cada envío a una redacción me ha costado, por lo menos, diez kopeks. Quiere decirse que los devaneos literarios me han salido por doscientos rublos. ¡Y por doscientos rublos se puede comprar un caballo! ¡Además, mis ingresos anuales no pasan de ochocientos francos, fijaos bien! O sea, que he tenido que pasar hambre por cantar la Naturaleza, el amor y los ojos de las mujeres, por lanzar flechas envenenadas contra la codicia de la soberbia Albión y por compartir mi fuego con..., con los señores que me enviaban las contestaciones.

¡Sí, dos mil respuestas, doscientos rublos y pico, y ni un solo sí! ¡Puf! Y, además, una experiencia aleccionadora. ¡Jóvenes amables! Hoy celebro la recepción de la respuesta número dos mil. Brindo por la terminación de mis actividades literarias y me echo a dormir sobre los laureles. Indicadme alguien que en tres años haya recibido tantos noes como yo o erigidme una estatua sobre un pedestal inconmovible.

Un poeta prosaico

LAS MIL Y UNA PASIONES O UNA NOCHE TERRIBLE

(NOVELA EN UN ACTO Y EPÍLOGO)

A Victor Hugo

En la torre de los Ciento Cuarenta y Seis Santos Mártires dio la medianoche. Yo temblé. Había llegado la hora. Agarré febrilmente de un brazo a Teodoro y salí a la calle con él. El cielo estaba negro como tinta china. La oscuridad era mayor que dentro de un sombrero puesto. Una noche tenebrosa es un día metido en una cáscara de nuez.

Nos arrebujamos en las capas y nos pusimos en camino. El fuerte viento nos calaba hasta los huesos. La lluvia y la nieve —estas hermanas húmedas— azotaban con furia nuestros rostros. Aunque era en invierno, los rayos surcaban el cielo en todas las direcciones. El trueno —temible y majestuoso compañero del relámpago, bello como el parpadeo de unos ojos azules y rápido como el pensamiento— conmovía terriblemente el aire. Las orejas de Teodoro se iluminaron con una luz de eléctrico resplandor. Sobre nuestras cabezas volaban, fragorosos, los fuegos de Santelmo. Miré adelante y me estremecí. ¿Quién no se estremece ante la magnificencia de la naturaleza? Pasaron por el cielo varios fulgurantes meteoros. Los conté; y resultaron ser veintiocho. Se los mostré a Teodoro. «Mal augurio», murmuró, pálido como una estatua de mármol de Carrara. El viento gemía, aullaba, sollozaba… El sollozo del aire es el de la conciencia hundida en un mar de horribles crímenes. A corta distancia de nosotros, un rayo destruyó y quemó una casa de ocho pisos. Oí los alaridos que provenían de ella. Pasamos de largo. ¿Qué me importaba a mí que ardiera una casa, cuando en mi pecho ardían doscientas? En un lugar impreciso tañía una campana lentamente, con sonido melancólico y monótono. Era una lucha de elementos. Diríase que unas fuerzas ignotas elaboraban la horrible armonía de la Naturaleza. ¿Qué fuerzas eran? ¿Llegaría a conocerlas el hombre?

¡Medrosa, pero osada ilusión!

Llamamos a un cochero. Subimos al coche y nos lanzamos. Un cochero es un hermano del viento. Volamos como vuela un pensamiento audaz por las circunvoluciones del cerebro. Puse en la mano del cochero un bolsillo de oro. El oro ayudo al látigo a duplicar la velocidad de las patas de los caballos.

—¿Adónde me llevas, Antonio? —gimió Teodoro—, Tienes la mirada de un genio maligno… En tus ojos negros relumbra el infierno… Me va entrando miedo…

¡Vil cobardía! Yo guardé silencio. Él la amaba, ella también le quería fervorosamente. Yo debía matarle a él; porque la amaba más que a mi vida. La amaba a ella y le odiaba a él. Teodoro debía morir aquella horrible noche y pagar su amor con la vida. En mi interior hervían el amor y el odio. Eran mi segunda existencia. Estos dos hermanos, nacidos en la misma entraña, lo devastan todo a su paso. Son vándalos espirituales.

—¡Para! —grité al cochero, cuando llegamos al lugar fijado. Teodoro y yo nos apeamos. Velada por las nubes, la luna nos echó una mirada fría. La luna es testigo silencioso e indiferente de los dulces momentos del amor y de la venganza. Ahora debía serlo de la muerte de uno de los dos. Ante nosotros se abría un precipicio, un abismo sin fondo, como los toneles de las criminales hijas de Danao. Nos hallábamos al borde del cráter de un volcán apagado. Un volcán del que cuenta la gente aterradoras leyendas. Hice un movimiento con la rodilla; y Teodoro se precipitó en la espantosa sima. El cráter de un volcán son las fauces de la Tierra.

—¡Maldición! —gritó en respuesta a la maldición mía. Un hombre vigoroso arrojando a su enemigo a un volcán por los ojos adorables de una mujer, constituye un cuadro soberbio, grandioso e instructivo. ¡Sólo faltaba que hubiese lava!

¿El cochero? Un cochero es una estatua erigida por los hados a la ignorancia. ¡Fuera rutinas! El cochero siguió el mismo camino que Teodoro. Noté que en mi pecho quedaba tan sólo amor. Me postré en tierra y lloré de júbilo. Las lágrimas de júbilo son el resultado de una reacción divina en el interior de un corazón amante. Los caballos relincharon alegres. ¡Qué duro es no ser hombre! Yo los liberé de su existencia, animal y sufrida. Los maté. La muerte es un grillete y es también la liberación de los grilletes.

Entré en la hostería del Hipopótamo Violeta; y me tomé cinco vasos de buen vino.

Tres horas después de haberme vengado, llegué a la casa de ella. El puñal, amigo de la muerte, me ayudó a abrirme paso hasta su puerta por encima de los cadáveres. Puse oído. Ella no dormía.

Estaba entregada a sus ensueños. Permanecía en silencio. El silencio duró cuatro horas. Cuatro horas, para un enamorado, son cuatro siglos diecinueve. Por último llamó a la doncella. La doncella pasó ante mí. Le lancé una mirada demoníaca; y ella la captó. Perdió el juicio. La maté. Más vale morir que vivir en la demencia.

—¡Anetta! —gritó ella—, ¿Qué pasará que no viene Teodoro? La tristeza me agobiaba el corazón. Me ahogaba un horrible presentimiento. ¡Ay, Anetta! Ve por él. De seguro que estará divirtiéndose con ese terrible ateo de Antonio.

En este momento penetré en la estancia. Ella palideció.

—¡Fuera! —me gritó. Y el terror deformó sus rasgos faciales, nobles y bellos.

La miré. La mirada es el machete del alma. Se estremeció: había visto en mi mirada la muerte de Teodoro, la pasión demoníaca y mil deseos humanos… Mi postura era soberbia. En mis ojos brillaba la electricidad. Mis cabellos, de punta, se movían. Ella vio ante sí al demonio con envoltura terrenal. Noté que me contemplaba admirada. Cuatro horas duró el silencio de tumba y la mutua contemplación. Resonó un trueno; y ella cayó sobre mi pecho. El pecho del hombre es la fortaleza de la mujer. La estreché en mis brazos. Los dos exhalamos un grito. Sus huesos crujieron. Una corriente galvánica pasó por nuestros cuerpos. Un beso ardiente…

Ella amó en mí al demonio. Yo quise que amase en mí al ángel.

—Doy a los pobres millón y medio de francos —le dije.

Y amó en mí al ángel. Y rompió a llorar. Yo también lloré. ¡Qué lágrimas fueron aquéllas! Un mes más tarde se celebró la solemne ceremonia nupcial en la iglesia de San Tito y Santa Hortensia. Me casé con ella. Y ella se casó conmigo. Los pobres nos bendecían. Ella me pidió que otorgase mi perdón a mis enemigos, a los que maté antes. Yo los perdoné. Luego me marché a América con mi joven esposa. Mi joven y amante esposa fue un ángel en las selvas vírgenes americanas; un ángel ante el que se inclinaban los leones y los tigres. Yo era un joven tigre. A los tres años de nuestra boda, el viejo Sam andaba ya jugando con un nene de ensortijados cabellos. El niño se parecía a su madre más que a mí; y esto me disgustaba. Ayer nació mi segundo hijo… y me ahorqué de alegría…

Mi segundo hijo extiende sus manitas hacia los lectores y les pide que no crean a su papá, porque su papá no sólo no tuvo hijos, sino ni siquiera mujer. Su papá le tiene al casamiento más miedo que al fuego. Mi nene no miente. Es un querubín. Créanle. La edad infantil es una edad santa. Nada de esto sucedió jamás… Buenas noches.

POR UNAS MANZANAS

Entre el Ponto Euxino y Solovki, a los grados de longitud y latitud correspondientes, vive desde hace tiempo, en su finca de tierras negras, el señor Trifón Semiónovich. El apellido de Tritón Semiónovich es más largo aún que el vocablo «naturalista», y procede de una sonora palabra latina con la que se designa una de las innumerables virtudes humanas. El número de desatinas de su propiedad alcanza a tres mil. Su hacienda —pues se trata de una verdadera hacienda y de un verdadero terrateniente— está hipotecada y en venta. Venta que se inició cuando Trifón Semiónovich no era calvo todavía y que, gracias a la credulidad del banco y a las artimañas de Trifón Semiónovich, no acaba de cuajar y dura hasta el presente. El banco en cuestión quebrará algún día, porque Trifón Semiónovich, a imitación de sus semejantes, cuyos nombres forman legión, recibió los rublos y no paga los réditos; y si alguna vez los paga, lo hace con la misma ceremonia con que las almas piadosas ofrecen un kopek en su propio sufragio o para la construcción de un templo. Si este mundo no fuese este mundo y llamar las cosas por su nombre, Trifón Semiónovich no se llamaría Trifón Semiónovich, sino de alguna otra manera: se llamaría como suelen llamarse los caballos o las vacas. Francamente hablando, Trifón Semiónovich es una bestia de tomo y lomo. Le invito a él mismo a darme la razón. Si llega hasta sus dominios esta invitación —él lee algunas veces La libélula—, creo que no se enfadará, pues, como persona comprensiva, coincidirá plenamente conmigo: y hasta puede que, llevado de su generosidad, me mande una docena de manzanas «Antonovka» en atención a que, por esta vez, no he dado a la publicidad su interminable apellido, limitándome a su nombre y su patronímico. No voy a describir todas las virtudes de Trifón Semiónovich: es asunto largo. Para meterle en un libro a todo él, con piernas y brazos, habría que estar escribiendo por lo menos tanto como estuvo Eugenio Sue con su grueso y largo Judío Errante. No me referiré a sus trampas jugando a préférence, ni a su política, que le permite evitar el pago de deudas y réditos, ni a las trastadas que juega al pope y al sacristán, ni a sus paseos ecuestres por el pueblo en el traje de los tiempos de Caín y Abel. Me conformaré con una escena que da idea de su aprecio por la gente, en honor de la cual, su ingenio septuagenario ha compuesto la siguiente sentencia: «Los muzhiks, chuscos y tontos, se pierden jugando al tonto».

Una mañana de fin de verano, magnífica en todos los sentidos, Trifón Semiónovich se paseaba por los senderos de su frondoso jardín. Todo cuanto suele inspirar a los señores poetas le rodeaba en profusa abundancia y parecía decirle: «Toma, hombre, disfruta antes que llegue el otoño». Mas Trifón Semiónovich no disfrutaba, porque distaba mucho de ser poeta y porque, además, aquella mañana su alma estaba saboreando con fruición un sueño, despierta, como hacía siempre que su amo había perdido en el juego. Tras de Trifón Semiónovich iba su fiel sicario Karpushka, un vejete de unos sesenta años, mirando a su alrededor. El tal Karpushka llegaba casi a superar en virtudes a Trifón Semiónovich. Limpia las botas que es una bendición; todavía mejor ahorca perros; roba a diestro y siniestro; y como espía no tiene igual. Toda la aldea, por obra y gracia del escribano, le llama el «Oprichnik». Raro es el día en que los muzhiks y los vecinos no se quejan de los desmanes de Karpushka a Trifón Semiónovich; pero todas las quejas quedan sin efecto;

porque Karpushka es elemento indispensable en los dominios de aquél. Siempre que Trifón Semiónovich sale de paseo, lleva consigo al fiel Karpushka; así va más seguro y más alegre. Karpushka encierra en su persona un manantial inagotable de chascarrillos, chistes y fábulas; y posee la virtud de no saber callar. Eternamente está contando algo, y sólo calla cuando oye una cosa que le interesa. Aquella mañana, iba nuestro hombre detrás de su señor, contándole una larga historia: dos estudiantes tocados con gorras blancas pasaron a caballo cerca del huerto y le pidieron que los dejase entrar para cazar, ofreciéndole incluso un poltínnik; pero él, sabiendo a quién sirve, rechazó indignado el dinero y les azuzó a Kasthán y a Seriock. Terminado el relato, se puso a describir con tintas muy cargadas la escandalosa vida del practicante del pueblo; mas no pudo terminar el cuadro, porque llegó a sus oídos un sospechoso rumor procedente del huerto de manzanos y perales. Al oírlo, Karpushka contuvo la lengua, aguzó el oído y puso atención. Convencido de que el rumor existía y de que era un rumor sospechoso, tiró de una manga a su amo y salió como una flecha en aquella dirección. Trifón Semiónovich, presintiendo un pequeño pasatiempo, se estremeció; y, dando rápida cuerda a sus seniles piernecillas, corrió en pos de Karpushka. Y había motivo para correr.

A un extremo del huerto, bajo un viejo y frondoso manzano, una moza aldeana estaba comiendo; junto a ella, de rodillas, un zagal fornido recogía las frutas derribadas por el viento, arrojando las verdes a unos arbustos cercanos y ofreciendo las maduras a su Dulcinea en su ancha mano, de un color grisáceo. Dulcinea, por lo visto, no temía empacharse. Devoraba las manzanas con apetito envidiable; y el mozo, olvidado por completo de sí mismo, le ofrendaba todo cuanto recogía.

—¡Arranca del árbol! —le animó la muchacha en voz baja.

—Tengo miedo.

—¿De qué? El oprichnik estará en la taberna…

El zagal se incorporó, dio un salto, arrancó una manzana del árbol y se la ofreció a la chica. Pero esta manzana fue para ellos tan funesta como la de Adán y Eva. La moza le pegó un bocado y dio al muchacho el trozo cortado; mas apenas habían notado ambos el agrio sabor del fruto, cuando sus rostros se contrajeron, y los dos se quedaron pálidos como la cera. Y no fue porque la manzana estuviese muy agria, sino porque acababan de ver ante sí la rígida fisonomía de Trifón Semiónovich y la jeta de Karpushka, que sonreía maliciosamente.

—Buenos días, tortolitos —dijo el terrateniente acercándose—. Qué, ¿comiendo manzanas? ¿No os molesto?

El muchacho se quitó la gorra y bajó la cabeza. La moza se puso a mirar a su delantal.

—¿Qué tal ya esa salud, Grigori? —dirigióse Trifón Semiónovich al chico—, ¿Cómo estás, hombre?

—No he cogido más que una —murmuró el muchacho—. Una y, además, del suelo…

—Bueno, ¿y tú, qué tal, paloma? —preguntó Trifón Semiónovich a la mozuela.

Ésta continuó con más ahínco la inspección de su delantal.

—Qué, ¿todavía no os habéis casado?

—No, señor… Verá, señor, le juro por Dios que no he cogido más que una, y además…

—Muy bien, muy bien, bravo. ¿Sabes leer?

—No, señor… Pero, por Dios, señor, no hemos cogido más que una, del suelo.

—Leer no sabrás, pero robar sí que sabes. Bueno, algo es algo. El saber no ocupa lugar. ¿Y hace mucho tiempo que te dedicas al robo?

—Pero ¿es que yo he robado algo?

—¿Y qué le pasa a tu novia, que está tan pensativa? —preguntó Karpushka— ¿Le has dicho que no la quieres?

—Calla, Karpushka —le ordenó el amo—, A ver, Grigori, cuéntanos un cuento…

Grigori tosió y sonrió:

—No sé cuentos, señor. ¿Acaso necesito yo sus manzanas? Si quiero comer las compro.

—Me alegro mucho, querido, de que tengas tanto dinero. Bueno, cuéntanos algún cuento. Te oiré yo, te oirá Karpushka y también te oirá tu novia. No te amilanes, hombre, adelante. Un ladrón debe ser valiente. ¿No es cierto, amigo?

Y Trifón Semiónovich le clavó la mirada. Al chico se le llenó la frente de sudor.

—Mejor sería que cantara, señor —intervino Karpushka con desagradable voz temblona y atiplada—. ¿Cómo va a saber cuentos un tonto como éste?

—Cállate, Karpushka. Que cuente primero un cuento. A ver, querido: te escuchamos.

—No sé.

—¿Que no sabes? Pero robar sí sabes. ¿Qué dice el séptimo mandamiento?

—¿Por qué me pregunta eso? ¡Qué sé yo! Por Dios le juro, señor, que nos hemos comido solamente una manzana, y que la recogimos del suelo…

—¡Cuenta un cuento!

Karpushka comenzó a arrancar ortigas. El muchacho sabía que eran para él. Trifón Semiónovich, a semejanza de sus semejantes, sabe tomarse la justicia por su mano de manera muy elegante. Si atrapa a un ladrón, lo encierra en la cueva por un día, o lo manda azotar con enormes ortigas, o lo pone en libertad… después de dejarlo como vino al mundo… ¿Les parece una novedad? Pues hay gente y hay lugares para los cuales esto es más viejo que andar para adelante. Grigori miró de reojo las ortigas, se encogió, tosió y se puso no a contar un cuento, sino a balbucear una invención. Carraspeando, sudando, tosiendo y sonándose a cada instante, contó cómo los héroes rusos vencieron a los brujos y se casaron con hermosas princesas. Trifón Semiónovich le oía sin quitarle el ojo de encima.

—Basta —dijo cuando el zagal, embrollado, empezó a soltar cosas sin ilación—, ¡Qué buen narrador eres! Pero el robar se te da mejor aún. Bueno, mocita —volvióse hacia la muchacha—. Dinos el Padre Nuestro, guapa.

La guapa enrojeció; y, respirando a duras penas, recitó el Padre Nuestro con un hilo de voz.

—Muy bien, muy bien. ¿Y cómo es el séptimo mandamiento?

—¿Cree usted que cogimos muchas manzanas? —intervino el mozo agitando desesperadamente las manos—. Por esta cruz que no miento.

—Está muy mal, queridos, que no sepáis los mandamientos. Hay que enseñaros. Guapa, ¿ha sido éste quien te ha enseñado a robar? ¿Por qué callas, querubín? Debieras contestar. ¡Habla! ¿Callas? El que calla otorga. A ver, guapa, dale unas bofetadas a tu adorado por haberte enseñado a robar.

—No quiero —susurró ella.

—Anda, pégale un poquito. A los tontos hay que enseñarlos. Pégale, paloma. ¿No quieres? Bueno, pues mandaré a Karpushka y a Matvei que te den un repaso con ortigas… ¿Le pegas?

—No.

—¡Karpushka, acércate!

La muchacha corrió hacia el mozo y le dio una bofetada. El chico sonrió de un modo estúpido y a renglón seguido se echó a llorar.

—¡Muy bien, guapa! ¡A ver, agárralo ahora de los pelos! ¡Agárralo, palomita! ¿No quieres? ¡Karpushka, ven aquí!

La moza agarro del pelo al novio.

—¡Pero no te quedes quieta! ¡Tírale, para que le duela!

Ella empezó a tirarle. Karpushka, muerto de risa, temblaba todo él.

—Basta —ordenó Trifón Semiónovich— Muchas gracias, paloma, por haberlo castigado. Y ahora te toca a ti dar una lección a tu tórtola —dirigióse al muchacho—. Antes te ha pegado ella. Pégale tú ahora…

—Por Dios, señor… ¿Por qué voy a pegarle?

—¿Cómo que por qué? ¿No te ha pegado ella a ti? Pues pégale tú a ella. Le servirá de provecho. ¿No quieres? Te arrepentirás. Karpushka, llama a Matvie.

El mozo escupió, carraspeó, agarró a la novia por el cabello y comenzó a «castigar el mal». Castigando el mal, se abstrajo hasta extasiarse, imperceptiblemente para él mismo, olvidando que el objeto del castigo era su novia y no Trifón Semiónovich. La muchacha gritó, y no sé cómo hubiera terminado aquella historia si en aquel momento no aparece tras los arbustos la guapa Sashenka, hija de Trifón Semiónovich.

—¡Papaíto, a tomar el té! —le gritó. Y luego, al ver la ocurrencia del papaíto se echó a reír a carcajada limpia.

—Basta ya —concluyó el terrateniente—. Podéis marcharos, tortolitos. Adiós. Para la boda os mandaré unas manzanas.

Así diciendo, Trifón Semiónovich hizo una profunda reverencia a los castigados.

El mozo y la moza se arreglaron el pelo y la ropa y se marcharon. Él tiró hacia la derecha, ella hacia la izquierda y… hasta hoy no han vuelto a verse. Y menos mal que apareció Sashenka, pues de otro modo, el chico y la chica hubieran probado las ortigas…

Así se divierte, a la vejez, Trifón Semiónovich. Y su familia no se queda muy atrás. Sus hijitas tienen la costumbre de colgarles cebollas en los gorros a los huéspedes «de rango inferior»; y a los huéspedes borrachos, de este mismo rango, les escriben con tiza en las espaldas, en letras muy grandes: «Burro» y «Tonto». Su hijo Mitia, alférez retirado, superó en una ocasión al propio Trifón Semiónovich: auxiliado por Karpushka, embadurnó de brea las puertas de la casa de un viejo soldado porque éste se negó a regalarle un perro lobo y porque previno a sus hijas contra los dulces y los caramelos del señor alférez retirado…

Después de esto, a ver si hay manera de llamar Trifón Semiónovich a Trifón Semiónovich.

ANTES DE LA BODA

El jueves de la semana pasada, los padres del registrador colegiado Nazariev pidieron para su hijo la mano de la señorita Podzatilkina, ceremonia que tuvo lugar en casa de la novia. El acto se celebró con entera normalidad. Se vaciaron dos botellas de champaña y cubo y medio de vodka. Las señoritas tomaron agua mineral. Los padres y las madres de los novios lloraron; se besaron éstos; un alumno del octavo grado del liceo pronunció un fino brindis diciendo: O tempora, o mores! y Salvete, boni futuri conjuges! Vanka Smislomalov, un mozo pelirrojo que se pasa la vida sin hacer nada, en espera de lo que la suerte le depare, fingió un arrebato trágico en el momento más oportuno —o «muy a pelo», como suele decirse—: revolvió el cabello de su enorme cabeza, se descargó un puñetazo en la rodilla y gritó: «¡Voto a mil diablos, la amaba y la amo!», con lo que causó inmenso regocijo a las señoritas presentes.

La señorita Podzatilkina tiene como rasgo distintivo el de no distinguirse en nada. Nadie ha visto ni conoce su inteligencia. Por consiguiente, nada se dice al respecto. Su figura es de lo más corriente; la nariz, del padre; la barbilla, de la madre; los ojos, de un gato; y el busto, regular. Toca el piano, pero de oído; ayuda a su madre a cocinar; nunca va sin corsé; no puede probar otros platos que los de carne; ve el principio y el fin de la sabiduría en ciertas reglas ortográficas; y lo que más le gusta son los hombres altos y el nombre de Rolando.

Su novio, el señor Nazariev, es de mediana estatura, cara blanca e inexpresiva, pelo ondulado y nuca plana. Es funcionario, cobra un sueldo que apenas le basta para tabaco, huele siempre a jabón al huevo y a fenol, se considera a sí mismo un calavera horrible, habla muy alto, parece admirarse de todo lo que oye o ve; y cuando conversa salpica de saliva al que está enfrente. Presuntuoso, mira a sus padres por encima del hombro; y no habla con una sola señorita a la que no diga: «¡Qué ingenua es usted! Debiera leer literatura». Lo que más ama en el mundo es su caligrafía, la revista Razvlechenie, las botas con chirrido y, sobre todo, su propia persona, particularmente cuando, en compañía de señoritas, toma té y niega la existencia del demonio.

Así son la señorita Podzatilkina y el señor Nazariev.

Al día siguiente de la petición de mano, la señorita Podzatilkina fue llamada por la cocinera, nada más levantarse por la mañana, para que compareciese ante su madre. La mamá, tendida en la cama, le echó el siguiente sermón:

—¿A santo de qué te has puesto hoy el vestido de lana? Bien podías arreglarte con el de percal. ¡Qué horror, cómo me duele la cabeza! Ayer, a ese ceporro calvo de tu padre le dio por bromear. ¡Estoy harta de sus bromas idiotas! Me trae una copa y me dice: «Tómate esto». Yo, creyendo que sería vino, ¡zas!, me la bebo, y resulta que era una mezcla de vinagre y aceite de sardinas fritas. ¡Ahí tienes las bromas que gasta el muy borracho! ¡No sabe más que fastidiar, el asqueroso! Me asombra mucho, y me sorprende, que estuvieras alegre ayer y no llorases. ¿De qué te alegrabas? ¿Te encontraste una cartera con dinero? ¡Es inaudito! Cualquiera pensaría que te alegras de abandonar la casa paterna. Es lo que viene a resultar. ¿Cómo? ¿El amor? ¡Qué amor ni qué niño muerto! No te casas por amor. Lo que te encandila es el rango. ¿Qué dices? ¿Que no es verdad? ¡Vaya si lo es! Pues a mí, hijita, no me gusta ni chispa tu adorado. Me parece muy altivo y presuntuoso. Ya te encargarás tú de domarlo ¿Cómooo? ¡Ni lo pienses!... Al mes estaríais tirándoos los trastos a la cabeza. Sois igualitos los dos… El casamiento no gusta más que a las señoritas, y no tiene nada bueno. Por experiencia lo sé. Y tú lo sabrás con el tiempo. No te muevas de ese modo, que siento mareos. Los hombres son todos unos imbéciles, y se hace trabajoso vivir con ellos. También tu novio es un idiota, por muy estirado que vaya. No le obedezcas en muchas cosas, ni le lleves en todo la corriente, ni le guardes demasiado respeto: no hay ningún motivo. Pregunta siempre a tu madre. Apenas te suceda algo, ven a verme. Dios te guarde de hacer nada sin tu madre. Tu marido no te aconsejará nada bueno ni te enseñará cosas de provecho. Se dedicará a animar el ascua a su sardina. Tenlo en cuenta. Tampoco hagas mucho caso a tu padre. No se te ocurra decirle que se vaya a vivir contigo que puedes dar un traspié. Estará deseando sacaros algo. Se pasará días enteros en vuestra casa. ¿Y con qué fin? Os pedirá para vodka y se fumará el tabaco de tu marido. Es un malvado, un hombre dañino, aunque sea tu padre. Con esa cara de mosquita muerta que tiene el muy tuno, es un alma del diablo. Si os pide dinero prestado, no se lo des, que es un granuja, pese a su rango de consejero titular. ¡Ahí está gritando! Te llama. Ve, pero no le digas lo que hemos estado hablando, ¡pues buena la aunaría ese enemigo de la cristiandad! Anda, vete antes que se me salte el corazón. ¡Sois mis enemigos! ¡Cuando me muera, os acordaréis de mis palabras! ¡Torturadores!

—Hija mía —le dijo el padre—. Me alegra mucho que desees unirte a un caballero tan inteligente como el señor Nazariev. Lo celebro infinito y apruebo el enlace. Cásate sin miedo, hija mía. Este matrimonio es una cosa tan solemne, que… ¡bueno, para qué vamos a hablar! Vive, crece y multiplícate. Dios te bendecirá. Yo…, yo… estoy llorando. Pero las lágrimas no conducen a nada. ¿Qué son las lágrimas humanas? Cobardía y nada más. Escucha mi consejo, hija mía. ¡No olvides a tus padres! El marido no será para ti mejor que ellos. De ningún modo. A tu marido le gusta únicamente tu belleza material, mientras que a nosotros nos gustas toda tú. ¿Por qué va a quererte tu marido? ¿Por tu carácter? ¿Por tu bondad? ¿Por tus sentimientos? No, hija, no. Te querrá por tu dote. ¡Que no es un kopek, sino mil rublos! Compréndelo así. El señor Nazariev es un caballero magnífico; pero no le tengas más afecto que a tu padre. Se animará a ti, pero no será nunca un amigo verdadero. Habrá momentos en que él… Pero no, más vale que me calle, hija. En cuanto a tu madre, alma mía, oye su consejo; mas ten precaución. Es buena persona, pero hipocritona, librepensadora, frívola, afectada. Aunque es honesta y noble… ¡bueno, que se vaya a la porra! Ella no puede aconsejarte lo que tu padre, autor de tus días. No te la lleves a tu casa. Los maridos tienen poco apego a las suegras. Yo tampoco se lo tenía a la mía. La cosa llegó hasta el punto de echarle en el café corcho quemado, con lo cual le salían unos posos estupendos para adivinar. Por su culpa fue procesado el alférez Ziumbumbumchikov. ¿No te acuerdas? Claro, cómo te vas a acordar si aún no existías… Pues bien: lo principal es que en todo tengas presente a tu padre. Sólo a él debes obedecer. Además, hija mía…, la civilización europea ha despertado entre las mujeres un movimiento de oposición. Se dice que cuantos más hijos tiene una señora, tanto peor. ¡Mentira! ¡Cuento! Cuanto mayor es el número de hijos, tanto mejor para los progenitores. ¡Aunque no! No es eso… Al contrario. Me equivocaba, querida: cuantos menos hijos, mejor. Lo leí ayer en una revista. Expresiones de un tal Malthus. Sí, sí. Parece que llega un coche… ¡Ah, tu novio! ¡Viste con elegancia el canalla! ¡Qué hombre! ¡Un auténtico Walter Scott! Atiéndelo, hijita, mientras me visto.

Llegó el señor Nazariev. La novia le recibió:

—Siéntese, sin cumplidos.

Nazariev dio dos taconazos con el pie derecho y tomó asiento junto a la novia.

—¿Qué tal está usted? —preguntó con su acostumbrada desenvoltura—. ¿Ha dormido bien? Yo, sabe usted, me he pasado sin dormir la noche entera, leyendo a Zola y pensando en usted. ¿Ha leído usted algo de Zola? ¿De veras que no? ¡Ay, ay, ay! Es un crimen. A mí me lo ha prestado un funcionario. ¡Escribe estupendamente! Ya se lo traeré, ¡Oh, entonces podrá usted comprender!… Yo siento sentimientos que usted no ha sentido jamás. Permítame uno solo.

El señor Nazariev se levantó un poco y dio un beso en los labios a la señorita Podzatilkina.

—¿Y sus padres? —continuó, con más desenvoltura todavía— Necesito verlos. A decir verdad, estoy un poco enfadado con ellos. Me han dado buen chasco. Fíjese: su papá me dijo que era consejero palatino, y resulta que sólo es consejero titular. ¡Ejem! ¿Habrase visto? Además… prometieron una dote de mil quinientos rublos, y ayer va su mamá y me dice que no cobraré más que mil. ¿No es una trastada? Los circasianos, con lo sanguinarios que son, no se portan así. ¡No permitiré que me la den con queso! ¡Cualquier cosa menos tocarme el amor propio! ¡Eso no es humano! ¡No es racional! ¡Soy un hombre honrado y por eso no me gustan los que no lo son! Aguanto lo que sea, pero no admito malas pasadas ni malas intenciones, sino que exijo conciencia humana. Eso es. Hasta tienen cara de ignorantes. ¡Hay que ver qué caras! ¡Si no son caras! Perdone usted, pero sus padres no me inspiran sentimientos familiares. En cuanto nos casemos los meteremos en cintura. ¡Odio el desparpajo y la grosería! Aunque no soy un escéptico ni un cínico, sé lo que es la educación. ¡Ya los haremos andar derechos! Mis padres hace tiempo que no se atreven a abrir la boca. ¿Ya se han desayunado ustedes? ¿No? Pues entonces me quedo a desayunar. Haga el favor de traerme un cigarrillo, que me he olvidado el tabaco en casa.

La novia salió.

Esto, antes de la boda… Lo que vendrá después, no hace falta ser profeta para suponerlo.

A LA AMERICANA

Teniendo la fortísima intención de ingresar al más legalísimo matrimonio, y recordando que ningún matrimonio se las arregla sin una persona del sexo femenino, tengo el honor, la dicha y el placer de rogar muy humildemente a las viudas y las señoritas, prestar su benévola atención a lo siguiente:

Yo soy un hombre, eso ante todo. Eso es muy importante para las señoritas, por supuesto. De 2 arhíns y 8 viershóks de estatura. Joven. Los años maduros me quedan lejos, como al chorlito el día de Petróv. Ilustre. No bonito pero no feo, y tanto no tan feo que en la oscuridad, con reiteración, por error, fui tomado por un bonito. Los ojos los tengo castaños. En las mejillas (¡ay!) no tengo hoyuelos. Dos dientes molares están arruinados. De maneras elegantes no puedo jactarme, pero de la fortaleza de mis músculos no le permito dudar a nadie. De guantes uso el n.° 7 ¾. Excepto unos padres pobres pero nobles, no tengo nada. Por lo demás, tengo un futuro brillante. Soy un gran aficionado a las bonitas en general, y a las sirvientas en particular. Creo en todo. Me dedico a la literatura, y tan exitosamente, que raras veces derramo lágrimas sobre el buzón de correo de La libélula. Intento escribir en el futuro una novela, en la que la heroína principal (una hermosa pecadora) será mi esposa. Duermo doce horas al día. Como bárbaramente, mucho. El vodka lo bebo sólo en compañía. Tengo buenos conocidos. Conozco a dos literatos, un versificador y dos parásitos que aleccionan a la humanidad en las páginas de La gaceta rusa. Mis poetas preferidos son Pushkarióv, y a veces yo mismo. Soy enamoradizo y no celoso. Quiero casarme por razones conocidas sólo de mí y de mis acreedores. ¡Así soy yo! Y miren cómo debe ser mi novia:

Viuda o señorita (eso, como a ella le plazca), no mayor de treinta y no menor de quince años. No católica, o sea, sabedora de que en este mundo no hay impecables, y en todo caso no hebrea. La hebrea siempre va a preguntar: «¿Y por qué escribes en renglones?». «¿Y por qué no fuiste a ver a pápienka, él te enseñaría a acumular dinero?», y a mí eso no me gusta. Rubia de ojos azules, y (por favor, si se puede) de cejas negras. No pálida, no rosada, no delgada, no rolliza, no alta, no baja, simpática, no poseída pollos demonios, no pelada, no habladora ni hogareña. Ella debe:

Tener buena letra, porque yo necesito una copista. Trabajo de copista hay poco.

Amar las revistas en las que yo colaboro, y atenerse en su vida a la tendencia de éstas.

No leer Entretenimiento, el Semanario de Tiempo nuevo, Nana, no conmoverse con los editoriales de Las noticias moscovitas, y no caer desmayada con tales artículos de La orilla.

Saber: cantar, bailar, leer, escribir, cocinar, freír, asar, ser cariñosa, hornear (pero no jurar), prestarle dinero al esposo, vestirse con gusto por sus propios medios (NB) y vivir en absoluta sumisión.

No saber: molestar, susurrar, chillar, gritar, morder, enseñar los dientes, golpear la vajilla y hacerle ojitos a los amigos en casa.

Recordar que los cuernos no sirven de adorno al hombre, y que mientras más cortos sean éstos, tanto mejor y seguro para ése, que va a pagar por los cuernos con gusto.

No llamarse Matrióna, Akulína, Avdótia ni por otros nombres vulgares semejantes, sino llamarse de algún modo más noble (por ejemplo, Ólia, Liénochka, Marúska, Kátia, Lipa y por el estilo).

Tener a su mámienka, es decir, a mi profundamente estimada suegra, a treinta y nueve leguas de mí (si no, en caso contrario, no respondo de mí) y

Tener minimum 200 000 rublos de plata.

Por lo demás, el último punto se puede cambiar, si le place a mis acreedores.

EL DÍA DE SAN PEDRO

Llegó la mañana del ansiado día, la fecha tanto tiempo anhelada; llegó, ¡¡hurra, señores cazadores!!, el veintinueve de junio, el día en que se olvidan las deudas, los hogares, las comidas suculentas, las suegras y hasta las jóvenes esposas; el día en que al señor alguacil puede hacérsele la higa veinte veces, si prohíbe cazar.

Palidecieron las estrellas y se cubrieron de leve neblina. Oyéronse voces en algunos puntos. Un humo azulino comenzó a salir de las chimeneas del pueblo. En el gris campanario de la iglesia apareció el sacristán, adormilado todavía, y tocó a misa. Sonaron los ronquidos de un guarda nocturno acostado bajo un árbol. Despertaron los vencejos y, en nutrida bandada, se pusieron a volar de un extremo al otro del huerto, con su estridente y fastidioso pitido. Una oropéndola cantó en un endrino. Sobre la cocina revolotearon estorninos y abubillas. Empezó el concierto gratuito de la mañana…

Dos troikas se detuvieron ante el porche semiderrengado, pintorescamente circundado de ortigas, de la casa del antiguo portaestandarte Yegor Yegórich Optemperanski. En la casa y en el patio se levantó un enorme revuelo: todo ser viviente comenzó a correr y a trajinar, armando gran mido en las escaleras, en los cobertizos y en las cuadras. Hubo que cambiar uno de los caballos de varas. A los cocheros les volaron las gorras de las cabezas; alguien le hizo al criado Katkin un rojo cardenal bajo la nariz; se prodigó el calificativo de «brujas» a las cocineras; y sonó el nombre de Satanás y el de sus ángeles multitud de veces. En cosa de cinco minutos, los coches se llenaron de alfombras, mantas, cartuchos de provisiones, escopetas enfundadas.

—¡Listo! —anunció el cochero Avvakum, con su voz de bajo.

—¡Tengan la bondad, todo está listo! —gritó, meloso, Yegor Yegórich, a cuya invitación apareció en el porche un grupo numeroso.

El primero en saltar a un tarantás fue el joven doctor, tras el cual subió a duras penas Kuzma Bolva, un viejo de Arjanguelsk, con botas sin tacones, chistera rojiza y escopeta de dos cañones y veinticinco libras, que tenía salpicado de pecas verdosas todo el cuello. Bolva era plebeyo; pero los señores terratenientes, en atención a su avanzada edad (nació a fines del siglo pasado) y a su formidable puntería, que le permitía hacer blanco en una moneda de veinte kopeks lanzada al aire, no reparaban en lo bajo de su linaje y le admitían en sus partidas de caza.

—Haga el favor de pasar, excelencia —dirigióse Yegor Yegórich a un señor gordo, pequeño y canoso, vestido con guerrera blanca, de botones claros, que lucía, colgada al cuello, una cruz de Santa Ana—, Haga sitio, doctor.

El señor en cuestión, general retirado, carraspeó, puso una pierna en el estribo, no sin que le sostuviera Yegor Yegórich, empujó con el vientre al doctor y se sentó pesadamente junto a Bolva. Tras el general subió su perro Tschetmi, seguido del pachón Musikant, perteneciente a Yegor Yegórich.

—¡Ejem! Pues... Vania —dijo el general a su sobrino, un joven estudiante de bachillerato, que llevaba a la espalda una larga escopeta de un cañón—. Puedes sentarte aquí, a mi vera. ¡Ven aquí! Eso es... Aquí. No juegues, amigo, que puede espantarse el caballo.

Después de echar la última bocanada de humo de tabaco a los hocicos de la bestia, Vania montó de un salto en el tarantás, apartó un poco a Bolva del general y, dando media vuelta, se sentó. Yegor Yegórich se santiguó y tomó asiento junto al doctor. En el pescante, al lado de Avvakum, se acomodó el largo y flaco señor Mangé, profesor de Matemáticas en el Liceo donde estudiaba Vania.

El primer tarantás estaba lleno. Comenzó la carga del otro.

—¡Listo! —gritó Yegor Yegórich una vez que en el segundo se instalaron las restantes ocho personas y tres perros, no sin que antes se produjeran discusiones y ajetreos.

—¡Listo! —gritaron también los huéspedes.

—¿De modo que podemos arrancar, excelencia? Que Dios nos bendiga. ¡Adelante, Avvakum!

Tras un leve balanceo, el primer tarantás salió andando. El segundo, que llevaba a los cazadores más empedernidos, hizo el mismo balanceo, emitió chirridos horribles, viró un poco hacia un lado y, adelantando al primero, rodó en dirección a la salida. Los cazadores rieron todos a una y tocaron palmas de contento. Sentíanse en el séptimo cielo; pero ¡oh veleidades de la fortuna!, aún no habían salido del patio cuando se produjo un incidente inesperado.

—¡Alto! ¡Espera! ¡Espera! —resonó tras los coches un grito penetrante.

Los cazadores miraron hacia atrás y palidecieron. En seguimiento de ellos venía corriendo el hombre más inaguantable del mundo, el capitán de fragata, retirado, Mijei Yegórich, hermano de Yegor, famoso por sus escándalos en toda la provincia, que avanzaba agitando los brazos desesperadamente. Uno de los dos coches se detuvo.

—¿Qué quieres? —le preguntó su hermano.

Mijei Yegórich corrió hasta el tarantás, se subió al estribo y alzó el puño como para pegar a Yegor Yegórich. Los cazadores se alborotaron.

—¿Qué pasa? —inquirió Yegor Yegórich enrojeciendo.

—¡Lo que pasa —vociferó el hermano— es que eres un judas, un bicho, un cerdo! ¡Es un cerdo, excelencia! ¿Por qué no me has despertado? ¡Te pregunto por qué no me has despertado, zoquete, canalla! Permítanme, señores: no crean que lo único que quiero es darle una lección… ¿Por qué no me has despertado? ¿No deseas llevarme contigo? ¿Te estorbo? ¡Anoche me emborrachó creyendo que me iba a quedar dormido hasta las doce! ¿Han visto ustedes qué listo? Permítame, excelencia: permítame que le dé aunque sólo sea una vez…

—¿Qué hace usted? —gruñó el general, abriendo los brazos—, ¿No ve que no hay sitio? Esto es ya demasiado.

—Tus bufidos no vienen a cuento, Mijei —explicó Yegor Yegórich—. No te desperté porque no tenías por qué venir con nosotros… No sabes tirar. ¿A qué ibas a venir, pues? ¿A estorbar? ¡Si no sabes tirar!

—¿Que no sé? ¿Que no sé tirar? —gritó Mijei Yegórich con tanta fuerza, que hasta Bolva se tapó los oídos— En ese caso, ¿a qué diablos va el doctor, que tampoco sabe? ¿O es que tira mejor que yo?

—Lleva razón, señores —corroboró el doctor—. No sé tirar, ni tan siquiera tener la escopeta en las manos… Me fastidian las detonaciones… No sé a qué me llevan ustedes. ¿Por qué demonios me llevan? ¡Que Mijei Yegórich ocupe mi sitio! Yo me quedo. Aquí tiene un asiento, Mijei Yegórich.

—¿Lo oyes, lo oyes? ¿Por qué lo llevas?

El doctor se levantó con visible intención de salir del tarantás. Yegor Yegórich, asiéndole de la chaqueta, tiró hacia abajo para que se sentara.

—¡Eh, no me rompa la chaqueta! ¡Que vale treinta rublos! ¡Suélteme! Y, además, señores, les ruego que no me den hoy conversación… Estoy de mal humor y puedo cometer una insolencia contra mi voluntad. ¡Suélteme, Yegor Yegórich! ¡Me voy a dormir!

—Debe usted venir, doctor —rogó Yegor Yegórich sin soltarle la chaqueta—. Dio usted palabra de venir…

—Di palabra, pero fue por compromiso. ¿Para qué voy a ir, para qué?

—¡Para que no se quede usted con la mujer de él! —carraspeó Mijei Yegórich— ¡Para eso! Tiene celos de usted, doctor. ¡No vaya, amigo! ¡Para que se fastidie! Tiene celos. Por Dios que no miento.

Yegor Yegórich enrojeció hasta las orejas y apretó los puños.

—¡Eh, Mijei Yegórich! —llamaron desde el otro tarantás—. ¡Déjese de tonterías y véngase para acá, que hay sitio!

Mijei Yegórich sonrió con soma:

—¿Qué dices ahora, tiburón? ¿Quién ha quedado por encima? Hay sitio, ¿lo has oído? ¡Voy para que te fastidies! Molestaré cuanto pueda. Palabra de honor que me dedicaré a molestar. ¡No matarás ni un grillo! Y usted, doctor, no vaya. A ver si este revienta de celos.

Yegor Yegórich se levantó crispando los puños y con los ojos inyectados en sangre.

—¡Infame! —apostrofó al hermano—, ¡Tú no eres hermano mío! ¡Por algo te maldijo nuestra difunta madre! ¡Y nuestro padre murió en la flor de la vida por culpa de tu conducta inmoral!

—Caballeros… —intervino el general—. Creo que… basta con esto. Son ustedes hermanos, hermanos legítimos…

—Éste es un burro legítimo, excelencia, y no un hermano. ¡Quédese, doctor, quédese!

—¡Arread las bestias, mal rayo os parta! ¡Oh, maldito diablo! ¡Arrea! —vociferó el general asestando un puñetazo en la espalda de Avvakum—. ¡Arrea!

Avvakum dio un latigazo a las bestias, y el coche arrancó. En el segundo tarantás, el escritor y el capitán Kardamonov colocó sobre sus rodillas dos perros y en su lugar sentó al empecinado Mijei Yegórich.

—Por suerte para él —dijo éste—, se ha encontrado un sitio, porque si no, la que le armo… ¡Escriba usted algo sobre ese bandido, Kardamonov!

El aludido había mandado el año anterior a la redacción de Niva un artículo titulado «Interesante caso de fecundidad entre la población campesina»; y aunque recibió una respuesta poco grata para el autor, cosa que no dejó de conocerse entre los vecinos, pasaba por escritor.

De acuerdo con un plan trazado de antemano, resolvieron ir primeramente a cazar codornices a un henar situado a cosa de siete verstas de la hacienda de Yegor Yegórich. Una vez allí, los cazadores descendieron de los coches, dividiéndose en dos grupos: uno, encabezado por el general y por Yegor Yegórich, torció hacia la derecha; y el otro, con Kardamonov al frente, hacia la izquierda. Bolva se rezagó y quedó solo, pues estando de cacería le gustaba el silencio. Musikant exhaló unos ladridos, emprendió una carrera y al instante levantó una codorniz. Vania le disparó y falló el tiro.

—¡He tirado más alto de la cuenta, diablo! —murmuró.

Tschetni, un joven cachorro al que llevaban a enseñar y que oía un disparo por primera vez en su vida, lanzó unos ladridos lastimeros y, rabo entre piernas, corrió a refugiarse en los coches. Mangé tiró a una alondra y la mató.

—¡Cómo me gusta este pájaro! —dijo al doctor, mostrándoselo.

—¡Váyase a la porra! —repuso el médico—. Le mego que no me dé conversación… Estoy de mal humor. Retírese.

—Es usted un escéptico, doctor.

—¿Yo? ¡Ejem! ¿Y qué significa eso?

Mangé vaciló:

—Pues escéptico significa mis…, mis…, misántropo.

—No, señor. No emplee palabras que no comprenda. Retírese. Involuntariamente puedo causarle un disgusto. No estoy de genio…

Musikant alzó las orejas. El general y Yegor Yegórich palidecieron y contuvieron la respiración.

—¡Yo disparo! —musitó el general—. ¡Tenga la bondad, disparo yo! Para usted, la segunda…

Pero se trataba de una alarma infundada. El doctor, aburrido, arrojó una piedra a Musikant y le acertó entre las orejas. El chucho exhaló un aullido y pegó un salto. El general y Yegor Yegórich volvieron la cara. Oyose un ruido entre la hierba, y levantó el vuelo una avutarda. En el segundo grupo alborotaron señalando al ave. Apuntaron el general, Mangé y Vania. Este último disparó y falló; a Mangé no le salió el tiro. Era tarde: la avutarda voló sobre un montecillo y se posó en un campo de centeno.

—Me parece, doctor, que… no es el mejor momento para bromear —amonestó el general al médico—, ¡No es el momento!

—¿Qué?

—Que no es momento para bromas.

—Yo no bromeo.

—Está mal, doctor —observó Yegor Yegórich.

—Pues no haberme traído. ¿Quién les pidió que lo hicieran? Además…, me molestan las explicaciones. No estoy de humor hoy…

Mangé mató otra alondra. Vania levantó un grajo, le tiró y falló.

—¡Demasiado alto, diablo! —refunfuñó. Oyéronse dos detonaciones consecutivas: era Bolva que, después de matar dos codornices más allá de la colina, con su pesada escopeta de dos cañones, se las metió en un bolsillo. Yegor Yegórich disparó contra una codorniz. El ave, tocada, cayó sobre la hierba. Yegor, triunfante, la recogió y se la mostró al general:

—En un ala, excelencia; todavía está viva.

—Sí, está viva. Hay que darle pronta muerte.

Dicho esto, el general se llevó la codorniz a la boca y le cortó el cuello con los dientes. Mangé mató su tercera alondra. Musikant volvió a levantar las orejas. El general se quitó la gorra, apuntó y, ¡pil!, salió volando una gruesa codorniz, pero… ¡aquel canalla del doctor se acababa de poner delante del cañón de la escopeta!

—¡Apártese! —gritó el general.

Obedeció el doctor; disparó su excelencia y, claro, los perdigones no llegaron a tiempo.

—¡Es una bajeza, joven! —rugió el militar.

—¿Qué? —preguntó el médico.

—¡Que no estorbe usted! ¡El diablo le trae a molestar! ¡Por su culpa acabo de marrar un tiro!

¡Habrase visto cosa igual! ¡Esto es el acabose!

—¿A qué vienen esos gritos? ¡Puff! No crea que le temo. No tengo miedo a los generales, excelencia, y menos aún a los retirados. Haga el favor de hablar más bajo…

—¡Esto es el colmo! ¡Va de aquí para allá molestando a todo el mundo! ¡Como para acabar con la paciencia de un ángel!

—No grite, general; no grite, por favor. Grítele a ése, a Mangé, que se asusta de los generales. A un buen cazador no hay nadie que le estorbe. Mejor será que confiese que no sabe tirar…

—¡Basta! ¡Por cada palabra mía suelta usted diez!… Vania, dame la canana —dirigiose el general a su sobrino.

—¿Cómo se te ha ocurrido invitar a este Borbón? —preguntó el médico a Yegor Yegórich.

—Es que, hermano, era imposible no invitarlo. Le debo… ocho mil rublos. ¡E-je-je, hermano! Si no fuera por estas malditas deudas…

Yegor Yegórich, sin terminar la frase, agitó la mano con desaliento.

—¿Es cierto que tienes celos? —inquirió el doctor.

Yegor giró en redondo y apuntó a un milano que volaba en las alturas.

—¡La has perdido, mocoso! —tronó la voz del general—. ¡La has perdido! ¡Y vale cien rublos, so marrano!

Yegor Yegórich se acercó al general con ánimo de aclarar la causa de aquellos rugidos. Era que Vania había perdido la canana de su tío. Comenzó la búsqueda, suspendiéndose la caza. Tardaron hora y cuarto en encontrar el objeto perdido. Y tras esta operación, los cazadores acamparon para reposar.

Tampoco en el segundo grupo había sido muy feliz la cacería de codornices. En este grupo, Mijei Yegórich hizo el mismo papel que el doctor en el primero, si no peor. Quitaba las escopetas a los cazadores, blasfemaba, pegaba a los perros, tiraba la pólvora… En una palabra, hacía mil diabluras. Después de errar varios tiros contra las codornices, Kardamonov se puso a perseguir con sus perros a un milano joven, al que hirió de un tiro, mas no pudo encontrarlo después. El capitán de fragata mató un citilo de una pedrada.

—Caballeros, vamos a anatomizar a este animal —propuso el señor Nekrichijvostov, escribiente del jefe de la nobleza local.

Los cazadores se sentaron en el suelo, sobre la hierba, requirieron los cortaplumas y empezaron la operación anatómica.

—No encuentro nada en él —dijo Nekrichijvostov cuando el citilo fue cortado en varios trozos—. Por no tener, no tiene ni corazón. En cambio, tripas le sobran. ¿Saben una cosa, señores? ¡Vámonos a los pantanos! ¿Qué podemos matar aquí? Las codornices no son caza. En cambio, las chochas, las becadas… ¿Eh, nos vamos?

Levantáronse los cazadores y se encaminaron, cansinos, a los coches. Cerca ya de ellos, dispararon contra una bandada de palomos caseros, abatiendo a uno.

—¡Excelencia! ¡Yegórich! ¡Excelencia! ¡Yegórich! —gritó el segundo grupo al ver al primero—, ¡Eh, eh!

El general y Yegor Yegórich volvieron la cabeza. El segundo grupo les hacía señas con las gorras.

—¿Qué hay? —gritó Yegor Yegórich.

—¡Un asunto! ¡Hemos matado una avutarda! ¡Vengan enseguida!

Aunque los del primer grupo no se creyeron lo de la avutarda, se dirigieron hacia los coches. Una vez acomodados en ellos, los dos grupos decidieron dejar tranquilas a las codornices y, de acuerdo con el itinerario prefijado, avanzar otras cinco verstas en dirección a los pantanos.

—Cuando voy de caza soy muy vehemente —explicó el general al doctor cuando se hubieron alejado del henar cosa de dos verstas—. De una vehemencia horrible. Ni a mi propio padre le guardo consideraciones. Así que… dispense usted a este viejo.

—¡Ejem!

—¡Qué suavecito se ha vuelto el muy tuno! —cuchicheó Yegor Yegórich al oído del doctor— ¡Como ahora está de moda casar a las hijas con médicos! … Su excelencia es un pícaro. ¡Je je, je!

—Vamos más holgados que antes —observó Vania.

—Pues es verdad.

—¿A qué será debido? Sobra sitio.

—Señores, ¿dónde está Bolva? —alarmose Mangé.

Los cazadores se miraron los unos a los otros.

—¿Dónde está Bolva? —repitió Mangé.

—Debe de ir en el otro tarantás. Señores —gritó Yegor Yegórich—: ¿Va Bolva con ustedes?

—¡No, no! —respondió Kardamonov. La ansiedad se hizo general.

—¡Bueno, pues que se vaya al diablo! —decidió el general— ¡No vamos a dar la vuelta para ir en su busca!…

—Pues tendríamos que darla, excelencia. Es persona muy débil. Sin agua puede morirse. No tendrá fuerzas para regresar.

—Si quiere, regresará.

—Se morirá el pobre viejo… ¡Son noventa años!

—Tonterías.

Al llegar a los pantanos; nuestros expedicionarios alargaron las caras: toda la zona estaba infestada de cazadores. Ni siquiera valía la pena bajar de los coches. Después de un breve conciliábulo, acordaron andar otras cinco verstas y encaminarse a los bosques comunales.

—¿Qué van ustedes a cazar allí? —preguntó el doctor.

—Tordos, águilas…, urogallos.

—Estupendo. ¿Qué estarán haciendo mis infelices pacientes? ¿Por qué me ha traído usted, Yegor Yegórich?

El doctor suspiró y se rascó la cabeza. Cuando llegaron al primer bosquecillo, salieron todos de los coches y se pusieron a discutir quién tiraría hacia la derecha y quién hacia la izquierda.

—¿Saben una cosa, caballeros? —intervino Nekrichijvostov—. En virtud de…, cómo es eso…, en virtud, por así decirlo, de una ley natural, que dice que…, que la caza no puede escapársenos…, ¡ejem!, la caza no se nos escapará, señores. ¡Ante todo, vamos a animarnos un poco! ¡Vengan para acá el vino, la vodka, el caviar…, el esturión!… Aquí mismo, en la hierba. ¿Cuál es su opinión, doctor? Usted debe saberlo mejor, como médico que es. ¿Verdad que conviene fortalecerse un poco?

La propuesta fue aprobada. Avvakum y Firs extendieron dos alfombras y colocaron a su alrededor los cartuchos de las provisiones y numerosas botellas. Yegor Yegórich cortó mortadela, queso, esturión acecinado… Nekrichijvistov descorchó las botellas. Mangé hizo rajas el pan… Y todos los cazadores se tendieron con la boca hecha agua.

—¡Excelencia, una copita!…

Bebieron todos y la emprendieron con los bocadillos. El doctor se llenó inmediatamente la segunda copa y se la tomó. Vania siguió su ejemplo.

—Aquí es de suponer que habrá hasta lobos —observó pensativo Kardamonov mirando de reojo a los árboles.

Los reunidos meditaron, discutieron y, al cabo de diez minutos, determinaron que, al parecer, no había lobos.

—Qué, ¿otro traguito? ¡Vamos por él! ¿Qué mira usted, Yegor Yegórich?

Se tomaron el segundo trago.

—Oiga, joven —dirigiose Yegor Yegórich a Vania—: ¿Qué es lo que piensa usted?

Vania movió la cabeza.

—Estando yo, puedes beber —le animó el general—. No estando yo, no bebas, pero si yo estoy… ¡Bebe un poco!

Vania se llenó la copa y se la tomó.

—¿Qué le parecería la tercera, excelencia?

Se bebieron la tercera. El doctor iba ya por la sexta.

—¡Oiga, joven!

Vania tomó a mover la cabeza.

—Beba usted, Amfiteatrov —le dijo Mangé en tono tutelar.

—Estando yo, puedes probarlo, pero no estando… ¡Anda, bebe un poco!

Vania vació la copa.

—¿Por qué estará hoy el cielo tan azul? —pregunto Kardamonov.

Lo pensaron, lo discutieron y al cuarto de hora reconocieron no saber por qué razón estaba tan azul el cielo.

—¡¡Una liebre…, una liebre…, una liebre!! ¡¡¡Por ella!!!

Tras un montículo apareció una liebre. Dos podencos salieron en su persecución. Los cazadores se pusieron en pie inmediatamente y echaron mano a las escopetas. La liebre pasó al vuelo y se internó en el bosque llevando tras de sí a los podencos, a Musikant y a otros perros. Tschetni, reacio, miró al general con aire desconfiado y terminó echando a correr también detrás de la liebre.

—¡Qué grande era!… Si la hubiéramos atrapado… ¿Cómo no nos dimos cuenta antes?

—Sí, sí, desde luego… ¿Qué hace aquí esta botella? ¿De modo que no ha bebido su excelencia? ¡Ay, ay, ay! ¿A nosotros con ésas? Bue-nooo…

Se tomaron la cuarta copa. El doctor, que había llegado ya a la novena, carraspeó y se dirigió al bosque. Allí eligió un lugar bien sombreado, se tendió en la hierba con la levita por almohada y a poco tardar ya estaba roncando. Vania se destapó: después de apurar otra copa de vodka la emprendió con la cerveza, y se sintió inspirado; arrodillándose, declamó veinte versos de Ovidio.

El general comentó que el latín se asemejaba mucho al francés… Yegor Yegórich asintió, añadiendo que para estudiar éste convenía saber aquél, por ser muy parecido. Mangé discrepó de Yegor Yegórich, señalando lo inoportuno de hablar de idiomas en presencia de un físico-matemático y de tantas botellas y agregando que su escopeta valía mucho en otros tiempos, que ahora era imposible encontrar un arma decente y que…

—¿Tomamos la octava, caballeros?

—¿No será demasiado?

—¿Demasiadoooo? ¡Qué dice! ¿Ocho copas demasiado? Usted no ha debido de beber nunca…

Se tomaron la octava.

—¡Oiga, joven!

Vania movió la cabeza.

—¡Vamos, hombre, como un militar! Con lo bien que tira usted…

—¡Beba, Amfiteatrov! —le incitó Mangé.

—Estando yo, puedes; pero no estando… ¡Anda, bebe un poco!

Vania dejó a un lado la cerveza y apuró otra copa de vodka.

—¿Vamos por la novena, señores? ¿Cuál es su opinión? Odio el número ocho. Un día ocho murió mi padre… Oiga, Fiador…, es decir, Iván…, Yegor Yegórich: llene las copas.

Se bebieron la novena.

—Hace calor…

—Cierto, pero eso no nos impedirá ir por la décima.

—Es que…

—¡Al diablo el calor! ¡Caballeros, demostremos a la Naturaleza que no le tememos! ¡Joven, dé usted el ejemplo! ¡Avergüence a su tío! No tememos al frío ni al calor…

Vania se bebió otra copa. Los demás le saludaron con un ¡hurra! y siguieron su ejemplo.

—Podemos atrapar una insolación —insinuó el general.

—Imposible.

—Imposible. ¿Con nuestro clima? ¡Ejem!

—Pues ha habido casos… Mi padrino murió de eso…

—¿Qué opina usted, doctor? ¿Puede producirse, con nuestro clima, una insolación? ¡Doctor!

La pregunta quedó sin respuesta.

—¿No ha tenido usted casos de insolación? Estamos hablando de las insola… ¡Doctor! ¿Dónde está el doctor?

—¿Dónde se ha metido el doctor? ¡Doctor!

Miraron en derredor suyo y no lo encontraron.

—¿Dónde estará el doctor? Se habrá derretido. Como la cera con el fuego. ¡Ja, ja, ja!

—¡Se ha ido a buscar a la mujer de Yegor! —saltó Mijei Yegórich.

Yegor Yegórich palideció y derribó una botella al removerse.

—¡Se ha ido a ver a la mujer de ´éste! —repitió Mijei Yegórich sin dejar de comer esturión.

—¿Por qué miente? ¿Le ha visto usted? —protestó Mangé.

—Sí, señor, le he visto. Pasó un muzhik con una carreta, y él se subió y se fue. Se lo juro. ¿La undécima, caballeros?

Yegor Yegórich se levantó blandiendo los puños.

—Yo le pregunté adónde iba —continuó Mijei Yegórich su relato—, Me contestó que iba por fresas, pero luego dijo: «Voy a afilar los cuernos. Los he puesto ya, y ahora hay que afilarlos. Adiós, querido Mijei Yegórich. Salude a su hermano Yegor». Y terminó guiñándome un ojo. Que le aproveche… ¡Je, je, je!

—¡Venga ese coche! —gritó Yegor Yegórich y corrió tambaleándose hacia el tarantás.

—¡Corre, que llegas tarde! —le acució, maligno, su hermano.

Yegor Yegórich llevó a empellones a Avvakum hasta el pescante, se metió en el coche de un salto y, amenazando con el puño, voló hacia su casa.

—¿Qué significa esto, señores? —preguntó el general cuando la gorra blanca de Yegor Yegórich se perdió de vista—. Se ha marchado… ¿Cómo me voy yo ahora, malditos diablos? ¡Se ha llevado mi tarantás! Es decir, no el mío, sino el que me llevaría a mí… Me extraña mucho… ¡Ejem! ¡Es una insolencia por su parte!…

Vania se sintió mal. El vodka, mezclado con la cerveza, le hizo el efecto de un vomitivo. Había que conducirlo a su casa. Después de la decimoquinta copa, los cazadores decidieron ceder al general el único tarantás que les quedaba, con la condición de que, al llegar a su casa, enviase coches por el resto del grupo.

El general se despidió:

—Díganle, señores, que…, que eso no lo hacen más que los cerdos.

—¡Protéstele las letras, excelencia! —le aconsejó Mijei Yegórich.

—¿Cómo? ¿Las letras? S-s-sí… Ya es hora de que… Hay que tener un poco de decoro… He estado espera que te espera, pero, por fin, me he cansado de esperar… Díganle que le protestaré… ¡Adiós, señores! Espero la visita de ustedes. Pero él es un cochino…

Los cazadores se despidieron del general y le ayudaron a acomodarse en el tarantás al lado de Vania.

—¡Adelante!

Vania y el general se marcharon.

Después de la copa número dieciocho, los expedicionarios penetraron en el bosque, tiraron un poco al blanco y se tendieron a dormir. Cerca ya del crepúsculo, vinieron por ellos los coches del general. Firs entregó a Mijei Yegórich una carta para «su hermanito» en la que se le conminaba a pagar, amenazándole con el Juzgado. Una vez apurada la tercera copa (después de dormir abrieron cuenta nueva), los cocheros del general cargaron a los cazadores, como costales de harina, en los carruajes y se los llevaron a sus respectivos domicilios.

Yegor Yegórich, al llegar a su casa fue recibido por Musikant y Tschetni, que aprovecharon la aparición de la liebre como un pretexto para escaparse. Luego de lanzar a su mujer una mirada terrible, Yegor Yegórich inició la búsqueda: miró en los depósitos, en los armarios, en los baúles, en las cómodas... y no encontró al doctor. Al que encontró fue a otro: debajo de la cama de su mujer se había refugiado el sacristán Fortunatov...

Cuando el médico despertó era ya de noche. Después de errar un rato por el bosque, recordó que había estado de cacería, soltó una blasfemia y se puso a dar voces. Por supuesto, no obtuvo contestación, en vista de lo cual decidió marcharse hasta su casa a pie. El camino era llano, tranquilo, claro. Recorrió las veinticuatro verstas en cosa de cuatro horas, llegando al amanecer al hospital rural. Allí se despachó a su sabor riñendo a los practicantes, a la partera y a los enfermos, y luego se sentó a escribir una carta interminable a Yegor Yegórich. En ella le exigía «una explicación de su incalificable proceder», despotricaba contra los maridos celosos y juraba no volver a salir de cacería jamás. ¡Jamás! Ni siquiera el veintinueve de junio.

LOS TEMPERAMENTOS
(SEGÚN LAS ÚLTIMAS CONCLUSIONES DE LA CIENCIA)

EL SANGUÍNEO. Todas las impresiones repercuten en él de modo ligero y rápido: de aquí, dice Hufeland, procede la ligereza... En la juventud es un bebé y un spitzbube. Le dice groserías a los maestros, no se pela, no se afeita, usa lentes y mancha las paredes. Estudia mal, pero termina los cursos. No obedece a los padres. Cuando es rico es un petimetre, siendo ya pobre vive como un cerdo. Duerme hasta las doce, se acuesta a una hora indefinida. Escribe con faltas. La naturaleza lo trajo al mundo sólo para el amor: sólo a eso se dedica, a amar. Nunca está en contra de chupar hasta la pérdida del sentido; tras embriagarse por la noche hasta los diablitos verdes, se levanta por la mañana animado, con una pesadez en la cabeza apenas notable, sin necesitar de la «similia similibus curantur». Se casa sin intención. Lucha con la suegra eternamente. Se pelea con la parentela. Miente a lo loco. Ama terriblemente los escándalos y los espectáculos aficionados. En la orquesta es el primer violín. Siendo ligero, es liberal. O nunca lee nada en absoluto, o lee con pasión. Le gustan los periódicos, y él mismo no está en contra de ser un poco periodista. El buzón de correo de las revistas humorísticas ha sido inventado, exclusivamente, para los sanguíneos. Es constante en su inconstancia. En el servicio es un funcionario de encargos especiales, o algo semejante. En el gimnasio enseña literatura. Rara vez sirve hasta consejero civil activo; si sirve hasta eso, se hace flemático y a veces colérico. Los granujas, los bribones y los tunantes son sanguíneos. Dormir en una habitación con un sanguíneo no se recomienda: cuenta chistes toda la noche, y si no hay chistes censura a los allegados o miente. Muere de enfermedad de los órganos de digestión y de extenuación prematura.

La mujer-sanguínea es la mujer más tolerable, si no es estúpida.

El COLÉRICO. Bilioso y de rostro amarillento-grisáceo. La nariz un poco torcida, y los ojos le dan vueltas en las órbitas, como los lobos hambrientos en la jaula estrecha. Irritable. Por la picada de una pulga o el pinchazo de un alfiler, está dispuesto a hacer trizas todo el mundo. Cuando habla salpica y muestra sus dientes café o muy blancos. Está profundamente convencido de que en invierno «sabe el diablo qué frío hace…», y en verano «sabe el diablo qué calor hace…». Cambia de cocinera cada semana. Al almorzar se siente muy mal, porque todo está refrito, resalado… En su mayor parte es soltero, y si está casado, pues encierra a la mujer bajo llave. Es celoso hasta el diablo. No entiende las bromas. No puede soportar todo. Lee los periódicos sólo para injuriar a los periodistas. Ya en el vientre de la madre, estaba convencido de que todos los periódicos mienten. Como marido y amigo es imposible, como subordinado apenas es pensable, como jefe es insoportable y bastante indeseable. No raras veces, por desgracia, es pedagogo: enseña matemática y lengua griega. Dormir con él en una habitación no lo aconsejo: tose toda la noche, gargajea y maldice en voz alta a las pulgas. Al oír por la noche el canto de los gatos o los gallos, tose y, con una voz trémula, manda al lacayo al tejado a agarrar y, sea como sea, ahorcar al cantor. Muere de tuberculosis o enfermedad del hígado.

La mujer-colérica es un diablo en falda, un cocodrilo.

EL FLEMÁTICO. Es un hombre gentil (hablo, se entiende, no del inglés, sino del flemático ruso). El aspecto más ordinario, grosero. Siempre está serio, porque le da pereza reírse. Come cuando sea y lo que sea; no bebe, porque le teme a la apoplejía, duerme veinte horas al día. Miembro seguro de todas las comisiones, asambleas y reuniones urgentes posibles, en las que no entiende nada, dormita sin escrúpulo de conciencia y espera el final con paciencia. Se casa a los treinta años con la ayuda de los tíos y las tías. Es el hombre más cómodo para el casamiento: conviene con todo, no murmura entre dientes y es complaciente. A la mujer la llama almita. Le gusta el cerdo con rábano, las canoras, todo lo amarguito y friecito. La frase «Vanitas vanitatum et omnia vanitas» (Tontería de tonterías, todo es una tontería) fue inventada por un flemático. Se enferma sólo entonces, cuando lo eligen para jurado. Al divisar a una mujer gorda, grazna, mueve los dedos e intenta sonreír. Se suscribe a la Niva y se enfada, porque en ésta no colorean los cuadritos y no escriben nada cómico. Considera a los escritores las personas más inteligentes y, al mismo tiempo, más perniciosas. Lamenta que no zurren a sus hijos en el gimnasio, y él mismo no está en contra de cortarlos. En el servicio es dichoso. En la orquesta es el contrabajo, el fagote, el trombón. En el teatro es el cajero, el lacayo, el apuntador y a veces, pour manger, el actor. Muere de parálisis o hidropesía.

La mujer-flemática es la alemana llorona, de ojos saltones, gorda, granujosa, ensaimada. Parecida a un saco de harina. Nace para hacerse suegra con el tiempo. Ser suegra es su ideal.

El MELANCÓLICO. Los ojos grises-azules, dispuestos a lagrimear. En la frente y junto a la nariz las arrugas. La boca un poco torcida. Los dientes negros. Propenso a la hipocondría. Siempre se queja de la punzada de hambre, la punzada en el costado y la mala digestión. La ocupación preferida: pararse frente al espejo y examinar su lengua flácida. Piensa que es débil de pecho y nervioso, y por eso toma a diario, en lugar de té, decoct, y en lugar de vodka, elixir vital. Asegura a sus allegados, con pesar y lágrimas en la voz, que las gotas de lauroceraso y de valeriana ya no le ayudan... Supone que no molestaría tomar un purgante una vez a la semana. Hace tiempo ya que decidió que los doctores no lo entienden. Los curanderos, las curanderas, los cuchicheros, los enfermeros borrachos, a veces las comadronas, son sus primeros bienhechores. Se pone la pelliza en septiembre, se la quita en mayo. Sospecha que cada perro tiene rabia, y desde que su amigo le informó, que el gato está en condición de ahorcar a una persona dormida, ve en los gatos a los enemigos implacables de la humanidad. El testamento espiritual hace tiempo ya que lo tiene preparado. Jura y rejura que no bebe nada. Rara vez toma cerveza caliente. Se casa con la huérfana. A la suegra, si la tiene, la llama la señora más hermosa y sabia; escucha sus sermones callado, ladeando la cabeza; besar sus manos rollizas, sudorosas, olorosas a pepino en salmuera lo considera su más sagrada obligación. Mantiene una activa correspondencia con los tíos, las tías, la madrina y los amigos de la infancia. No lee los periódicos. Leyó alguna vez Las noticias moscovitas pero al sentir, durante la lectura de ese periódico, pesadez, palpitación y una nebulosa en los ojos, lo dejó. Lee calladito a Debay y a Jozan. Durante la peste del sauce ayunó cinco veces. Sufre de lagrimeo y pesadillas. En el servicio no es dichoso en particular: más allá de ayudante de jefe de despacho no llega. Le gusta la Luchínushka. En la orquesta es la flauta y el violonchelo. Suspira día y noche, y por eso dormir con él en una habitación no lo aconsejo. Presiente los diluvios, los terremotos, la guerra, la caída definitiva de la moralidad y su propia muerte de alguna enfermedad terrible. Muere de una lesión de corazón, de la cura de una curandera y a menudo de hipocondría.

La mujer-melancólica es el ser más insoportable, inquieto. Como mujer conduce al embrutecimiento, la desolación y el suicidio. Sólo es buena en que no es difícil librarse de ella: dele dinero y mándela a peregrinar.

EL COLÉRICO-MELANCÓLICO. En sus días juveniles era sanguíneo. Un gato negro cruzó corriendo el camino, el diablo le pegó en la nuca, y se hizo colérico-melancólico. Hablo del conocidísimo, inmortalísimo vecino de la redacción de El espectador. El noventa y nueve por ciento de los eslavófilos son colérico-melancólicos. El poeta no reconocido, el pater patriae no reconocido, el Júpiter y Demóstenes no reconocido... y demás. El marido cornudo. En general, cualquier voceador, pero no fuerte.

EN EL VAGÓN

El tren de correo número tal corre a todo trapo desde la estación Vesiólii Traj hasta la estación Spasáisia. La locomotora silba, chima, jadea, resopla... Los vagones tiemblan y, con sus ruedas no engrasadas, aúllan como lobos y gritan como lechuzas. En el cielo, la tierra y los vagones: la tiniebla. «¡Algo-va-a-pasar!, ¡algo-va-a-pasar!», golpetean los vagones trémulos de edad avanzada... «¡Ojojo-jojo-o— o!», respalda la locomotora... Por los vagones, junto a los amantes de los bolsillos, pasean las corrientes de aire. Da miedo... Yo asomo mi cabeza por la ventana, y miro sin objetivo la lejanía infinita. Todas las luces son verdes: el escándalo, se debe suponer, no será pronto aún. El disco y las luces de la estación no se ven... La tiniebla, la angustia, la idea de la muerte, los recuerdos de la infancia... ¡Dios mío!

—¡Pecador! —susurro—, ¡Oh, qué pecador!

Alguien busca en mi bolsillo trasero. En mi bolsillo no hay nada, pero de todas formas es horrible... Me volteo. Ante mí un desconocido. Lleva un sombrero de pajilla y una blusa gris oscuro.

—¿Qué se le ofrece? —le pregunto, tanteando mis bolsillos.

—¡Nada! ¡Miro por la ventana! —responde, retirando la mano con brusquedad y tocando mi espalda.

Se oye un silbido afónico, estridente... El tren empieza a ir más lento y, finalmente, se detiene. Salgo del vagón y voy al bufé a beber, para darme valor. En el bufé se amontona el público y la brigada del tren.

—Hum… ¡Vodka, y no es amargo! —dice el respetable conductor, dirigiéndose a un señor gordo. El señor gordo quiere decir algo y no puede: se le atragantó en la boca de la garganta un bocadito avejentado.

—¡Gendarme! ¡Gendarme! —grita alguien en la plataforma con la voz con que gritaban, en los tiempos de Maricastaña, antes del diluvio, los mastodontes, los ictiosaurios y los plesiosaurios hambrientos… Voy a echar una mirada, ¿de qué se trata? Junto a uno de los vagones de primera clase, está parado un señor con una cucarda, y le señala sus pies al público. Al infeliz, mientras estaba dormido, le sacaron las botas y las medias…

—¿En qué voy a ir ahora pues? —grita—, ¡Yo tengo que ir hasta Rivélia! ¡Ustedes deben mirar!

Ante él está parado el gendarme, y le asegura que «aquí no se puede gritar»… Voy a mi vagón n.° 224. En mi vagón es lo mismo: la tiniebla, el resoplido, los olores a tabaco y a fusel, huele a espíritu ruso. Junto a mí resopla un detective judicial pelirrojo, que va de Riazán a Kiev… A dos o tres pasos del detective dormita una muchacha bonita… Un campesino con sombrero de pajilla jadea, resopla, se voltea hacia todos lados, y no sabe dónde poner sus piernas largas. Alguien en un rincón come y masculla a oídos de todos. Abajo de los bancos, el pueblo duerme el sueño de los héroes. Una puerta chirría. Entran dos viejecitas arrugadas con morrales a la espalda…

—¡Nos sentamos aquí, madre mía! —dice una— ¡Qué oscuridad pues! Una tentación, y solamente… Por poco piso a alguien… ¿Y dónde está Pajóm?

—¿Pajóm? ¡Ah, padrecitos! ¿Dónde está él pues? ¡Ah padrecitos!

La viejecita se revuelve, abre la ventana y escudriña la plataforma.

—¡Pajóm! —temblequea— ¿Dónde estás? ¡Pajóm! ¡Estamos aquí!

—¡Tengo una desgracia! —grita una voz tras la ventana—, ¡No me dejan entrar a la máquina!

—¿No te dejan? ¿Quién no te deja? ¡Escupe! ¡Nadie puede no dejarte, si tienes un billete verdadero!

—¡Ya no venden billetes! ¡Cerraron la caja!

Por la plataforma alguien lleva un caballo. Trote y bufido.

—¡Ve atrás! —grita el gendarme—, ¿Adónde te metes? ¿Por qué armas escándalo?

—¡Petróvna! —gime Pajóm.

Petróvna se despoja del hatillo, agarra con sus manos una gran tetera de hojalata, y sale corriendo del vagón. Toca la segunda llamada. Entra un conductor pequeño, de bigotitos negros.

—¡Si comprara el billete! —se dirige a un anciano, sentado frente a mí— ¡El inspector está aquí!

—¿Sí? Hum… Eso no es bueno… ¿Cuál? ¿El príncipe?

—Bueno… Al príncipe, aquí, no lo traes ni a palos…

—¿Entonces, quién es pues? ¿De barba?

—Sí, de barba…

—Bueno, si es ése, pues no es nada. Es un buen hombre.

—Como quiera.

—¿Y van muchas liebres?

—Unas cuarenta almas.

—¿Pero? ¡Bravos! ¡Ay de los comerciantes!

El corazón se me encoge. Yo también voy de liebre. Siempre voy de liebre. En las vías férreas llaman liebres a los señores pasajeros que dificultan el cambio de dinero no de los cajeros, sino de los conductores. ¡Es bueno ir de liebre, lector! A las liebres les corresponde una tarifa no publicada aún en ningún lugar, un 75% de descuento, no tienen que amontonarse alrededor de la caja, sacar el billete del bolsillo a cada instante, los conductores son más amables con ellos y… ¡todo lo que quieran, en una palabra!

—¡¿Que yo pague alguna vez algo?! —farfulla el anciano—, ¡Pues nunca! Yo le pago al conductor. ¡El conductor tiene menos dinero que Poliakóv!

Tintinea la tercera llamada.

—¡Ah, mátushkas! —se preocupa una viejecita—. ¿Dónde está Petróvna? ¡Pues ya es la tercera llamada! Un castigo de Dios… ¡Se quedó! Se quedó, la pobre… Y sus cosas están aquí… ¿Qué hacer pues con las cosas, con la bolsa? ¡Mis carnales, pues ella se quedó!

La viejecita se queda pensativa por un instante.

—¡Deja que se quede con sus cosas! —dice, y arroja la bolsa de Petróvna por la ventana.

Vamos hacia la estación Caldeado, y en la guía es Fosa común. Entran el inspector y el conductor con una vela.

—¡Sus billetes! —grita el conductor.

—¡Sus billetes! —se dirige el inspector a mí y al anciano.

Nos ovillamos, encogemos, escondemos las manos y clavamos los ojos en el rostro vivificante del conductor.

—¡Reciba! —le dice el inspector a su guía, y se aparta. Estamos salvados.

—¡Su billete! ¡Tú! ¡Su billete! —empuja el conductor a un tipo dormido. El tipo se despierta y extrae de su gorro un billete amarillo.

—¿Adónde vas pues? —dice el inspector, volteando el billete entre sus dedos— ¡Tú no vas allá!

—¡Tú, alcornoque, no vas allá! —dice el conductor—, ¡No tomaste ese tren, cabeza! ¡Te hace falta a Árbol vivo, y nosotros vamos a Caldeado! ¡Toma! ¡Y nunca hace falta ser un imbécil!

El tipo parpadea con esfuerzo, mira de modo estúpido al público sonriente y empieza a frotarse los ojos con la manga.

—¡No llores! —le aconseja el público—, ¡Tú mejor ruégale! ¡Un imbécil tan grandote, y llora! Seguro estás casado, tienes hijos.

—¡Su billete! —se dirige el conductor a un segador con cilindro.

—¿Sí?

—¡Su billete! ¡Voltéate!

—¿El billete? ¿Acaso hace falta?

—¡El billete!

—Entendemos… ¿Por qué no dárselo, si hace falta? ¡Se lo damos! —el segador con cilindro se busca en su seno y, a una velocidad de dos viershóks y medio por hora, saca de ahí un papel mugriento y se lo entrega al conductor.

—¿A quién le das? ¡Esto es el pasaporte! ¡Tú dame el billete!

—¡No tengo otro billete! —dice el segador, visiblemente alarmado.

—¿Cómo pues viajas, cuando no tienes billete?

—Pero yo pagué.

—¿A quién le pagaste? ¿Por qué mientes?

—Al conductor.

—¿A quién?

—¡Y el diablo sabe a quién! Al conductor, eso es todo… No compres el billete, me dice, te vamos a llevar así… Bueno, y no lo compré…

—¡Pues tú y yo vamos a hablar en la estación! ¡Mesdame, su billete!

La puerta chirría, se abre y, para nuestro asombro general, entra Petróvna.

—A la fuerza encontré el vagón, madre mía… ¿Quién los entiende?, todos son iguales… Y a Pajóm pues, no lo dejaron entrar, áspides… ¿Dónde está mi bolsa?

—Hum… Una tentación… ¡Te la tiré por la ventana! ¡Pensaba que te habías quedado!

—¿Adónde la tiraste?

—Por la ventana… ¿Quién te conocía pues?

—Gracias… ¿Quién te mandó? ¡Pero qué bruja, perdona Señor! ¿Qué hacer ahora? La tuya no la tiraste, bellaca… ¡Mejor hubieras tirado tu morro! Aaah… ¡que se te salgan!

—¡Va a haber que telegrafiar desde la próxima estación! —aconseja el público riéndose.

Petróvna empieza a vociferar y maldice de modo sacrílego. Su amiga aguanta su bolsa y llora asimismo. Entra el conductor.

—¿De quién son estas cosas? —grita, llevando en sus manos las cosas de Petróvna.

—¡Bonita! —me susurra un anciano vis-a-vis, señalando con la cabeza a la bonita—. Hum-m-m… bonita… ¡Qué diablo, no hay cloroformo! ¡Le daría a oler un poco, y bésala a todo trapo! ¡Bueno que todos están dormidos!

El sombrero de pajilla se voltea y se enoja, a oídas de todos, con sus piernas desobedientes.

—Científicos… —farfulla— Científicos… ¡Seguro no irás, contra la esencia de las cosas y los objetos! Científicos… hum… ¡Seguro no hacen así, que se pueda desatornillar y atornillar las piernas a voluntad!

—Yo ahí no tengo que ver… ¡Pregúntele al ayudante del fiscal! —delira mi vecino detective.

En un rincón lejano, dos alumnos de gimnasio, un oficial y un joven de lentes azules, a la luz de cuatro cigarrillos, juegan a las cartas…

A mi derecha está sentada una señora alta, de la raza de las «se entiende por sí mismo». Apesta a polvos y a suciedad.

—¡Ah, qué encanto este camino! —le susurra al oído cierto ganso, le susurra de modo empalagoso, hasta lo repulsivo, articulando de modo afrancesado las letras e, n y s—. ¡En ningún lugar se da un acercamiento tan rápido y agradable, como en el camino! ¡Te amo, camino!

Un beso… otro… ¡El diablo sabe qué! La bonita se despierta, recorre con los ojos el público y, de modo inconsciente, pone su cabeza en el hombro del vecino, un sacerdote de Temis... ¡y el imbécil duerme!

El tren se detiene. El apeadero.

—El tren se detiene por dos minutos... —farfulla un bajo afónico, cascado, fuera del vagón. Pasan dos minutos, pasan dos más... Pasan cinco, diez, veinte, y el tren aún está parado. ¿Qué diablo es esto? Salgo del vagón y me dirijo a la locomotora.

—¡Iván Matvéich! ¿Tú pronto pues, finalmente? ¡Diablo! —grita el conductor hacia abajo de la locomotora.

De abajo de la locomotora, el maquinista sale arrastrándose bocabajo, rojo, mojado, con un trozo de hollín en la nariz...

—¿Tú tienes Dios, o no? —se dirige al conductor—, ¿Tú eres hombre, o no? ¿Por qué me empujas? ¿No ves, o qué? Aah... ¡que se les salga a todos!... ¿Acaso esto es una locomotora? ¡Esto no es una locomotora, sino un trapo! ¡No puedo llevar en ésta!

—¿Qué hacer pues?

—¡Haz lo que quieras! ¡Dame otra, en ésta no voy a ir! Pero ponte en la situación...

Los ayudantes del maquinista corren alrededor de la locomotora incorregible, golpetean, gritan... El jefe de estación, con una visera roja, está parado al lado, y le cuenta a su ayudante chistes de la muy alegre vida hebrea... Llueve... Me dirijo al vagón... Por mi lado corre el desconocido con el sombrero de pajilla y la blusa gris oscuro... En sus manos una maleta. Esa maleta es la mía... ¡Dios mío!

SALON DES VARIÉTÉS

—¡Cochero! ¡Duermes, diablo! ¡Al Salon des variétés!

—¿A la guarida picante? ¡Treinta kopeks!

La entrada y el solitario alguacil parado en la entrada iluminados por los faroles. Un rublo veinte por la entrada y veinte kopeks por el cuidado del abrigo (lo último, por lo demás, no es obligatorio). Usted pone un pie en el primer peldaño, y ya le dan los fortísimos olores del boudoir barato y el vestuario de baño. Los visitantes levemente bebidos... A propos: no vaya al Salon si usted, éste, no... Estar un poquito «achispado» es más que obligatorio. Es un principio. Si el visitante entrante sonríe y parpadea con ojos aceitosos, pues es un buen signo: no morirá de tedio, e incluso probará cierta beatitud. ¡Pena pues para él si está sobrio! No le gustará el Salon des variétés y, al llegar a la casa, zurrará a los niños para que ellos cuando crezcan no vayan al Salon... Los visitantes levemente bebidos renquean hacia arriba por la escalera, entregan a la pervertida sus billetes, entran a la habitación, decorada con las imágenes de los grandes, se desperezan y, valientemente, se precipitan en la vorágine. Por todas las habitaciones deambulan, hacia atrás y adelante, de puerta en puerta, los ansiosos de sensaciones fuertes; deambulan, se aglomeran, se recuestan de rincón en rincón, como si buscaran algo... ¡Qué mezcla de tribus, rostros, colores y olores! Las damas son rojas, azules, verdes, negras, multicolores, abigarradas, como las xilografías de tres kopeks...

A estas damas las vimos aquí el año pasado, y el antepasado. Ustedes las verán aquí el año próximo. Escotes no hay ni uno: y no tienen vestidos, y... no tienen pechos. Y qué nombres sublimes: Blanche, Mimi, Fanny, Emma, Isabella y... ¡ni una Matrióna, Mávra, Pelaguéya! ¡Un polvo terribilísimo! Partículas de rubor y de polvo, vapores de alcohol suspendidos en el aire... Es penoso respirar, y se quisiera estornudar...

**

—¡Qué descortés es usted, hombre!

—¿Yoo? ¡Ah... hum... así! ¡Permítame expresarle en prosa, que nosotros entendemos muy bien sus ideas femeniles! ¡Permítame proponerle la manita!

—¿Eso a santo de qué? Usted primero preséntese... ¡¡Convide primero con algo!!

Llega volando un oficial, toma a la dama por los hombros y la voltea de espalda hacia el joven... Al último eso no le gusta... Tras pensar un poco, se da por ofendido, toma a la dama por los hombros y la voltea hacia sí...

**

A través de la multitud se abre paso un alemán enorme, con una fisonomía estúpida, borracha; sufre de eructación a oídos de todos; tras él anda a pasitrote un pequeño hombrecito picado de viruela, que aprieta su mano...

—¡E... ek! ¡Gek!

—¡Agradezco humildemente por el humilde eructo! —dice el hombrecito.

—No es nada... ¡E... ek!

Junto a la entrada de la sala la multitud... En la multitud dos jóvenes mercaderes gesticulan con las manos afanosamente, y se odian el uno al otro. Uno está rojo como un cangrejo, el otro pálido. Ambos, por supuesto, están borrachos como una cuba.

—¿Y si por la jeeeta?

—¡¡Asno!!

—Y si… ¡Tú eres el asno! ¡¡Filántropo!!

—¡Degenerado! ¿Por qué gesticulas con las manos? ¡Momio! ¡Y tú eres un momio!

—¡Señores! —se oye desde la multitud una voz femenina—, ¿Acaso se puede maldecir así delante de las damas?

—¡Y las damas, a los cerdos! ¡El diablo calvo para mí, tus damas! ¡A miles así les doy de comer! ¡Tú, Kátka, no este… no te metas! ¿Para qué él me ofendió? ¡Pues yo no lo toqué!

Hacia el joven mercader pálido se acerca volando un petimetre con una corbata enorme, y lo toma por el brazo.

—¡Mítia! ¡Papá está aquí!

—¿Nnno?

—¡Por Dios! ¡Con Sónka, está sentado a una mesa! ¡Por poco no me vio con sus ojos! Diablo viejo… ¡Hay que irse! ¡¡Pronto!!

Mítia lanza su última, penetrante mirada al enemigo, lo amenaza con el puño y se esfuma…

—¡Zvierintiólkin! ¡Ve allá! ¡Ahí Ráiza te busca!

—¡Al diablo con ella! ¡No deseo! Un picaporte parece… Yo otra madame me elegí… ¡Luisa!

—¿Qué te pasa? ¿El cañón ese?

—En eso pues y está, hermano, toda la esencia, en que es un cañón… ¡Al extremo una mujer! ¡No la abarcas!

**

La fraulein Luisa está sentada a la mesa. Es alta, gorda, sudorosa y pesada, como una babosa… Ante ella, en la mesa, una botella de cerveza y el gorro de Zvierintiólkin… Los contornos del corsé se destacan en su enorme espalda groseramente. ¡Qué bien hace ella en esconder sus pies y sus manos! Sus manos son grandes, rojas y callosas. Aún el año pasado vivía en Prusia, donde lavaba los pisos, cocinaba para el herr pastor la Biersoupe y hacía de niñera de los pequeños Schmidts, Millers y Schults… Pero al destino le plugo perturbar su sosiego: ella se enamoró de Fritz, Fritz se enamoró de ella… Pero Fritz no se puede casar con una pobre, ¡él se llamaría a sí mismo imbécil, si se casara con una pobre! Luisa le juró a Fritz amor eterno, y se fue de la querida vaterland a las frías estepas rusas, a ganar la dote… Y ahora ella cada noche va al Salon. De día hace cajitas y teje un mantel. Cuando se reúna la sabida suma, ella se irá a Prusia y se casará con Fritz…

**

—Si vous n'avez rien à me dire —se difunde desde la sala…

En la sala es el vocerío… Aplauden a todo el que aparezca en la escena… El cancancito es pobrecito, malito, pero en las primeras filas hay una salivación de placer… Échenle una mirada al público en el momento que vociferan: «¡Abajo los hombres!». ¡Denle en ese momento al público una palanca, y éste volteará la tierra! Gritan, vociferan, chiflan…

—Sssh… sh… sh… —sisea un oficialito a cierta señorita en las primeras filas…

El público protesta frenético contra el siseo, y con los aplausos se estremece toda la Gran Dmítrovka. El oficialito se levanta, levanta la cabeza y, con importancia, entre murmullos y rumores, sale de la sala. ¡La dignidad, entonces, la mantuvo!

Truena la orquesta húngara. ¡Qué pitusos son todos estos húngaros, y qué mal tocan! ¡Confunden a su Hungría!

Tras el bufé están parados el mismo señor Kuznietzóv y una madame de cejas negras; el señor Kuznietzóv está de copero, la madame recibe el dinero. Las copitas son tomadas con arrebato.

—¡Una cooopita de vodka! ¡Escuche! ¡De vodka!

—¿Arañamos Kólia? ¡Toma, Mujtár!

Un hombre de cabeza pelada mira la copita estúpidamente, se encoge de hombros y, con exasperación, se traga el vodka.

—¡No puedo, Iván Ivánich! ¡Yo tengo una lesión de corazón!

—¡Déjalo! ¡No le va a pasar nada a tu lesión si tomas!

El joven con la lesión de corazón bebe.

—¡Otra copita!

—No… Yo tengo una lesión de corazón. Yo, así, ya me tomé siete.

—¡Déjalo!

El joven bebe…

**

—¡Hombre! —suplica una muchacha de barbilla afilada y ojos de conejo:

¡convídeme con una cena!

El hombre hace melindres…

—¡Quiero comer! Una sola ración…

—Te pegaste… ¡Mozo!

Es servido un pedazo de carne… La muchacha come y… ¡cómo come! Come con la boca, con los ojos, con la nariz…

En el tiro al blanco hay un tiroteo encarnizado… Las tirolesas, sin descanso, cargan las armas… Y dos tirolesas no son tan feas… A un costado está parado un pintor que pinta a una tirolesa a bocamanga.

—Hasta pronto… ¡Que estén saludables! —gritan las tirolesas.

Dan las dos… En la sala los bailes. Ruido, vocerío, gritos, chillido, cancán… Un bochorno terrible… Los descargados se cargan de nuevo en el bufé, y hacia las tres ya está listo el barullo.

En los gabinetes separados…

¡Por lo demás, vámonos! ¡Qué agradable es la salida! Si yo fuera el dueño del Salon des varietés, cobraría no por la entrada, sino por la salida…

JUICIO SUMARÍSIMO

La isba del tendero Kuzmá Yegórov. Hace calor y bochorno. Los condenados mosquitos y las moscas se amontonan, fastidiosos, junto a los ojos y las orejas… Hay una nube de humo de tabaco; pero no es a tabaco a lo que huele, sino a pescado en salmuera. Aburrimiento en el ambiente, en las caras, en el zumbido de los mosquitos…

Una gran mesa. Sobre ella, un platillo con cascaras de nuez, unas tijeras, un bote de ungüento verde, gorras de visera, jarras vacías. Alrededor están sentados el propio Kuzmá Yegórov, el alcalde, el practicante Ivanov, el sacristán Feofan Manafuilov, el bajo Mijailo, el compadre Parfenti Ivanich y el guardia Fortunatov, que ha venido de la ciudad y es huésped de su tía Anisia. A cierta distancia de la mesa se encuentra Serapion, hijo de Kuzmá Yegórov, que trabaja de barbero en la ciudad y ha llegado a pasar las fiestas con su padre. Siente una gran desazón, y con mano temblorosa se pellizca el bigotillo. La isba de Kuzmá ha sido arrendada temporalmente para instalar en ella una enfermería; y en el zaguán esperan ahora los pacientes. Acaban de traer una aldeana con una costilla rota. Tendida a la entrada de la isba, gime y aguarda a que el practicante se digne prestarle atención. Bajo las ventanas se agolpan los curiosos que han acudido a ver a Kuzmá azotar a su hijo.

—Todos ustedes dicen que miento —declara Serapion—, y por eso no pienso hablar demasiado. En el siglo diecinueve, papaíto, las palabras valen poco, porque la teoría, según saben ustedes, no puede existir sin la práctica.

—¡A callar! —le ordena, riguroso, el padre—. Déjate de cuentos y di dónde has metido mi dinero.

—¿Su dinero? ¡Ejem!… Usted es lo bastante discreto para comprender que no he tocado su dinero. No es para mí para quien guarda sus billetes. Y no me gusta pecar…

—Debiera usted ser franco, Serapion Kuzmich —le alecciona el sacristán—. ¿Por qué cree que le interrogamos? Queremos convencerle, colocarle en el buen camino… Su papá no desea otra cosa que su beneficio… Por eso nos ha pedido que vengamos… Sea sincero. ¿Quién no ha pecado en este mundo? ¿Ha cogido usted los veinticinco rublos que su padre tenía en la cómoda, o no los ha cogido?

Serapion escupe hacia un lado y no dice una palabra.

—¡Habla! —vocifera Kuzmá Yegórov descargando un puñetazo en la mesa—, ¡Dinos de una vez si has sido tú o no has sido!

—Como ustedes quieran. No voy a meterme en discusiones…

—En discursiones —le corrige el guardia.

—Bueno, pues en discursiones. Quedaré yo por ladrón. Pero hace usted mal en gritarme de esa manera, papaíto. Tampoco hay razón para aporrear la mesa: por mucho que le pegue usted no conseguirá hundirla en tierra. Nunca he cogido dinero suyo, y si alguna vez lo cogí fue por necesidad… Soy una persona viviente, un sustantivo animado, y necesito dinero. No soy una piedra.

—Si necesitas dinero, ve y gánalo en vez de quitarme el mío. No eres mi único hijo. ¡Sois siete!

—Lo comprendo sin que me lo diga; pero, como muy bien sabe usted, no puedo ganar lo necesario a causa de mi poca salud. Tendrá usted que responder ante Dios Nuestro Señor por haberme echado en cara un mendrugo de pan.

—¿Poca salud, dices? Para el oficio que tienes… Pelar cabezas y rapar barbas… Pero tú hasta de eso huyes.

—¿Qué oficio es el mío? ¿Es acaso, una profesión? Ni es oficio ni beneficio. Y mi propia educación no me permite vivir de él.

—Se equivoca usted, Serapion Kuzmich —replica el sacristán—. Su trabajo es respetable y tiene mucho de espiritual, porque lo realiza en una capital de provincia, pelando y afeitando a personas instruidas y nobles. Hay hasta generales que no desprecian su oficio…

—De los generales, si ustedes quieren, puedo contarles yo mismo más de cuatro cosas.

El practicante Ivanov está bebido.

—Según nuestro criterio médico —interviene—, tú eres una friega de aguarrás y nada más.

—Ya conocemos la medicina de usted… Permítame que le pregunte: ¿quién fue el que el año pasado estuvo a punto de hacerle la autopsia a un albañil borracho en lugar de hacérsela a un cadáver? Si no se despierta, lo abre usted en canal… ¿Y no es usted quien mezcla el aceite de castor con aceite de linaza?

—En la medicina, es imprescindible…

—¿Y por qué se fue Malania al otro mundo? Le dio usted un purgante, luego un tónico y después otro purgante. Ni que decir tiene: reventó la pobre. Usted no debiera curar personas, sino perros. Y perdone la franqueza.

—A Malania, que Dios la tenga en su santa gloria —le ataja el padre—. Que Dios la tenga en su gloria. No fue ella la que robó el dinero, ni estamos hablando de ella. A ver, dime tú: ¿se lo has llevado a Aliona?

—¡Ejem!… ¿A Aliona? Vergüenza debiera darle mentarla en presencia del clero y del señor gendarme.

—Muy bien, muy bien, pero dime: ¿te llevaste el dinero o no te lo llevaste?

El alcalde se levanta, enciende un fósforo sobre su rodilla y lo acerca respetuosamente a la pipa del guardia.

—¡Puuuf! —se enoja éste—. Me has llenado de azufre la nariz…

Después de encender, el mantenedor del orden se levanta de su asiento, se aproxima a Serapion, y, mirándole fijamente, lleno de cólera, le grita con voz de trueno:

—¿Quién eres tú? ¿Qué viene a ser esto? ¿Por qué sales con ésas? ¿Eh? ¿Qué significa todo esto? ¿Por qué no contestas? ¿Insubordinación? ¿Te apoderas del dinero ajeno? ¡Silencio! ¡Contesta! ¡Habla! ¡Responde!

—Si puede…

—¡Acallar!

—Si puede… ¡hable más bajo! Si acaso… ¡No crea que le temo! ¡Presume usted demasiado y no es más que un imbécil! Si acaso mi padre quiere martirizarme, estoy dispuesto… ¡Tortúrenme! ¡Azótenme!

—¡Silencio! ¡¡A caaa-llar!! Ya sé lo que piensas. ¿Eres un ladrón, o qué eres? ¡Silencio! ¿Delante de quién estás? ¡Cállate esa boca!

—Conviene aplicarle un castigo —suspira el sacristán—. Ya que no quiere aliviar su culpa confesando, habrá que azotarle, Kuzmá Yegórov. Creo que es necesario.

—Zurradle —interviene el bajo Mijailo con voz tan lúgubre que todos se asustan.

—Por última vez: ¿has sido tú, o no? —le pregunta Kuzmá Yegórov.

—Como ustedes quieran. Atorméntenme. Aquí me tienen dispuesto…

—¡Azotadlo! —dicta Kuzmá su sentencia y, rojo como la grana, sale de detrás de la mesa.

El público se agolpa sobre las ventanas. Los enfermeros se apiñan junto a la puerta alargando el cuello. Hasta la mujeruca de la costilla quebrada levanta la cabeza.

—Tiéndete —ordena Kuzmá Yegórov a su hijo.

Serapion se despoja de la chaquetilla, se persigna y, resignado, se tiende en el banco.

—Martirícenme —dice.

Kuzmá Yegórov se quita el cinturón, contempla al público unos instantes, como en espera de que alguien le ayude, y acto seguido comienza el castigo.

—¡Uno, dos tres! —Mijailo va contando los azotes—. ¡Ocho, nueve!

El sacristán, de pie en un rincón, los ojillos fijos en el suelo, hojea un libro.

—¡Veinte, veintiuno!

—¡Basta! —decide Kuzmá Yegórov.

—¡Más, más! —gruñe el guardia Fortunatov—. ¡Dale más! ¡Zúrrale fuerte! ¡Así, así!

—Creo que debieran darle unos azotes más —opina el sacristán, dejando de hojear el libro.

—¡Hay que ver! ¡Ni una queja! —se asombra el público.

Los enfermos abren paso. La mujer de Kuzmá Yegórov penetra en la habitación. Crujen, al andar, sus enaguas almidonadas.

—Kuzmá —se dirige al marido—, ¿qué dinero es este que he encontrado en tu bolsillo? ¿No será el que buscabas?

—El mismo… Levántate, Serapion. Ha aparecido el dinero. Me lo metí ayer en el bolsillo, y luego se me olvidó…

—¡Dale más! —sigue mascullando Fortunatov— ¡Zúrrale! ¡Asi!

—El dinero ha aparecido. Levántate.

Serapion se incorpora, se pone la chaquetilla y se sienta junto a la mesa. Sigue un largo silencio. El sacristán, desconcertado, se suena en el pañuelo.

—Dispensa por lo ocurrido —murmura Kuzmá Yegórov dirigiéndose a su hijo— No lo tomes a mal… ¿Quién diablos iba a imaginarse que aparecería? Perdona…

—No tiene importancia… Ya estamos acostumbrados… No se apuren… Siempre me verán dispuesto a soportar cualquier tormento…

—Toma, bebe un poco… Te aliviará…

Serapion bebe, levanta orgulloso su naricilla y sale de la isba como un héroe. Y el guardia Fortunatov, rojo, con los ojos saltones, sigue largo tiempo dando vueltas por el patio y repitiendo:

—¡Dale más! ¡Zúrrale! ¡Así!

LA OFICINA DE ANUNCIOS DE ANTOSHA CH.

Para comodidad de los sres. que publican alquiló en El espectador, por 1881, una sección para la inclusión de propaganda y publicaciones de diverso género.

El artel de revendedores teatrales

Por medio de ésta tiene el honor de informar que, para comodidad del público, escogió como sede una taberna, cerca del teatro. En vista de la próxima llegada de la célebre Sarah Bernhardt, hizo un acuerdo con quien se debe, y presta servicios.

*

Doctor Chertolóbov

Especialista en afecciones femeninas, masculinas, infantiles, de pecho, de columna, de cuello, de nuca y muchas otras. Recibe diariamente desde las 7 de la mañana hasta las 12 de la noche. A los pobres los cura el 30 de febrero, 31 de abril y 31 de junio gratis, y el 29 de febrero con gran descuento.

Molchánovka, pas. Gávrikov, casa propia.

*

En la librería Tiempo nuevo salieron a la venta los siguientes libros:

En estado interesante, novela en 4 p., de Marskói. Precio 5 r. 23 k. En memoria del doc. Debay, folleto, de él mismo.

Pocilga de puercos, instalación de ésta y de sus habitantes, obr. del rétor Ev. Lvov.

Yo no estuve en el aniversario, poema lírico de él mismo. ¡Hacia allá le es el camino!, oda del jesuita Tarakánchik y de su pipiólo Zitósich. P. 30 k.

En las nubes, novela de Andréi Piechérskii en 14 p. (Continuación de En las montañas y En los bosques).

Los gaceteros y el compadreo, obr. de un redactor quemado. Diccionario eslavófilo-ruso. 40 000 palabras necesarias para la lectura de Rusia.

*

¡¡¡Diez por ciento!!!

de los 10 000 de ganancia anual de los sres. médicos, deseosos de entrar conmigo en comisión.

*

Maestro de oficios sepulcrales Chériepov

Se tienen listos ataúdes de todas las clases posibles. Para los moribundos al por mayor hay descuento. Ruego a los sres. moribundos protegerse contra las falsificaciones.

*

Se necesita cocinera

sobria, que sepa lavar, y que solo no colabore en La hojita. Gran Ordínka, pas. Zamoskvoriétzkii, c. del alférez Niegodiáev.

*

Triquina sin embutido

se puede adquirir en el almacén del mercader Majamiétov, en cualquier hilera.

*

Abogado judicial I. N. Moshénnikov

lleva causa. En caso de sentencia acusatoria propone fianza. Perdida toda esperanza de casarme vendo mi dote. ¡Yegómshka!, ¡ven, tómame! Señorita Nievínnova.

*

Vidente del bulevar Zvietnói

tiene el honor de informar a los sres. redactores que ella sabe cuántos suscriptores tiene y cuántos tendrá cualquier revista en el próximo año 1882. Pago por palabra: un rublo.

*

Ejecutores testamentarios del mercader Visliáev

tienen el honor de informar que los 10 rublos, dejados por el finado para entrega a aquél, que escriba una comedia imposiblemente estúpida, han sido entregados el 15 de noviembre al autor de la comedia La ciudad se anula.

Los mil ciento cuarenta y cuatro editores de La gaceta rusa informan con profundo pesar a sus tíos, tías, lectores y colaboradores sobre la irreversible defunción de su amada criatura, La gaceta rusa, ocurrida tras larga y penosa corrupción. Funerales, por carencia de benefactores, no habrá. El cuerpo de la finada ha sido entregado al anfiteatro anatómico. La autopsia reveló atrofia del cerebro y muerte por inanición. Los despojos mortales han sido mojados en alcohol y enviados, como preparado, a la sección secreta del museo de Winkler, en el bulevar Zvietnói.

*

En el museo de Winkler, en el bulevar Zvietnói, además de toda clase de tonterías de los países del Viejo y el Nuevo mundo, se exponen aun las siguientes rarezas:

1) Carroza teatral, construida en 1343. Incluye 26 bailarinas, 8 padres nobles y 5 viejas cómicas. No sirve para nada, pero es majestuosa. La parte superior la rompió la semana pasada, antes del ensayo, un gorrión que se posó en la carroza, para aprovecharse de la guata que cae del gorro del cochero.

2) Dos caballos teatrales, enganchados a la mencionada carroza, de pelaje indefinido, sin crin, sin cola, con patas de tornillo. Uno tiene 84 años, el otro 67. En uno de ellos, en 1812, fue hecho prisionero el general francés, marqués Blanmange. Se alimentan de paja y malas hierbas. Dicen que son los mejores caballos teatrales. Para las carreras apenas sirven… Aman el asunto teatral, y (¡¡oh, equina simplecitas!!) se consideran miembros activos de la corporación artística.

3) Retrato del jesuita Zitóvich con ropa de monje. La boca abierta y la mano derecha imponentemente levantada. Bajo él la inscripción: «Veni, vidi,

non vinci», agarré y… por supuesto, me fui. «Homo maximissimus».

4) Apolo del Belvedere. Joya del arte. Adquirido por 10 000 rub. Tomando en cuenta que nuestro museo es visitado por mesdames, mesdemoiselles y jóvenes menores de 25 años, nosotros, en vista de la moralidad, por consejo del sr. inspector de la escuela de pintura, vestimos la estatua de frac. Vistió Age, cilindro de Posch y calzado de Lvov.

5) Red, con la que sedujo el perverso Antonio a la hermosa Cleopatra.

6) Rata blanca (stultum animal), de 1 ¼ pies de tamaño. Raro ejemplar. Hallado en 1880 en un bollo horneado por Filippov. Preparado en alcohol. Novedad para los zoólogos jóvenes.

*

Dentista Lampenmac

Enseña al público los dientes. Pas., Ajajáevskii, casa n.° 35 ½.

ESTO Y AQUELLO
(POESÍA Y PROSA)

Un hermoso mediodía helado. El sol juega en cada copo de nieve. No hay nubes ni viento.

En un banco del bulevar está sentada una pareja.

—¡Yo la amo! —susurra él.

En las mejillas de ella juegan cupidos rosados.

—¡Yo la amo! —continúa él…—. ¡Al verla por primera vez, entendí para qué vivo, y conocí el fin de mi vida! ¡La vida con usted, o la inexistencia absoluta! ¡Querida mía! ¡María Ivánovna! ¿Sí o no? ¡María! María Ivánovna… La amo… Mániechka… ¡Responda, o moriré pues! ¿Sí o no?

Ella levanta hacia él sus ojos grandes. Le quiere decir «sí». Abre su boca.

—¡Ah! —grita ella.

Por los cuellos blancos como la nieve de él, pasándose la una a la otra, corren dos grandes chinches… ¡¡Oh, horror!!

**

«Querida mámienka —escribía cierto pintor a su mámienka—. ¡Voy a verla! ¡El jueves por la mañana voy a tener la dicha de apretarla contra mi

pecho lleno de amor! Para alargar la dulzura del encuentro llevo conmigo…
¿A quién? ¡Adivine! ¡No, no adivinará, mámienka! ¡No adivinará! ¡Yo llevo
conmigo al milagro de la belleza, a la perla del arte humano! Llevo (veo su
sonrisa) ¡al Apolo del Belvedere!».

«¡Querido Kóliechka! —respondió la mámienka—. Me alegro mucho de
que vengas. ¡Qué Dios te bendiga! ¡Ven solo, y al señor del Belvedere no lo
traigas contigo, para nosotros mismos no hay qué comer!».

**

El aire está lleno de fragancias que disponen a la ternura: huele a lila, a
rocío, canta el ruiseñor, brilla el sol… y demás.

En el jardín urbano, en un banquito, bajo una ancha acacia, está sentado un
estudiante de gimnasio de octavo grado, con un uniforme nuevecito, los lentes
en la nariz y los bigotitos. A su lado una bonita.

El estudiante la tiene de la mano, tiembla, palidece, se sonroja y susurra
palabras de amor.

—¡Oh, yo la amo! ¡Oh, si usted supiera cómo la amo!

—¡Y yo lo amo! —susurra ella.

El estudiante la toma por el talle.

—¡Oh vida! ¡Qué buena eres! ¡Me ahogo, me asfixio de felicidad! Tenía
razón Platón, al decir que… ¡Sólo un beso! ¡Olia! ¡Un beso, y nada más en el
mundo!

Ella, con languidez, baja los ojos… ¡Oh, y ella ansia un beso! Los labios
de él se acercan a los labios rosados de ella… El ruiseñor canta aún más
fuerte…

—¡Vaya a clase! —se oye un tenor trémulo sobre la cabeza del estudiante.

El estudiante levanta la cabeza, y por ésta se desliza el kepis… Ante él está
el inspector…

—¡Vaya a clase!

—Gulp… ¡Ahora es el recreo grande, Alexánder Fiódorovich!

—¡Vaya! ¡Usted ahora tiene lección de latín! ¡Se quedará hoy por dos
horas!

El estudiante se levanta, se pone el kepis y va… va y siente en su espalda
los ojos grandes de ella… Tras él va a pasitrote el inspector…

**

En la escena dan Hamlet.

—¡Ofelia! —grita Hamlet—. ¡Oh, ninfa!, recuerda mis pecados…

—¡Se le desprendió el bigote derecho! —susurra Ofelia.

—Recuerda mis pecados… ¿Ah?

—¡Se le desprendió el bigote derecho!

—¡Maaaldición! en tus santas plegarias…

**

Napoleón I invita a la marquesa de Schally a un baile en palacio.

—¡Yo vendré con mi esposo, su alteza! —dice Madame Schally.

—Venga sola —dice Napoleón—. A mí me gusta la buena carne sin mostaza.

ESTO Y AQUELLO
(CARTAS Y TELEGRAMAS)

Telegrama

Toda la semana bebo a la salud de Sara. ¡Maravilloso! Parada, se muere. Lejos están los nuestros de los parisinos. Estás sentado en la butaca como en el paraíso. A Mánka una reverencia. Petróv.

**

Telegrama

Al teniente Yegórov. Ve y toma mi billete. No iré más. Una tontería. Nada particular. Sólo se perdió el dinero.

**

Del doctor en medicina Klopson al doctor en medicina Ferfluchterschwein

¡Colega! Ayer vi a S. B. Su pecho está paralítico, plano. Sus esqueletos óseo y muscular están desarrollados no de modo satisfactorio. Su cuello es hasta tal punto largo y delgado, que se ven no sólo las venae jugulares, sino hasta la arteriae carotides. Los musculi sterno-cleido-mastoidei apenas se advierten. Sentado en la segunda fila, oía los ruidos anémicos de sus venas. Tos no tiene. En la escena la arroparon, lo que me dio motivo para concluir que tenía fiebre. Constato anaemia y atrophia musculorum. Es notable. Sus glándulas lacrimosas responden a los estímulos de la voluntad. Las lágrimas goteaban de sus ojos, y en su nariz se advertía la hiperemia cuando, de acuerdo a las leyes teatrales, tenía que llorar.

**

De Nadia N. a Katia J.

¡Querida Katia! Ayer estuve en el teatro y vi allí a Sara Bimar. ¡Ah Kátiechka, cuántos brillantes tiene! Yo toda la noche lloré por la idea, de que nunca tendré tantos brillantes. Sobre su vestido lo trasmitiré en palabras… Cómo quisiera ser Sara Birnar. ¡En la escena bebían champán verdadero!, muy extraño Katia, yo hablo francés perfectamente, pero no entendía nada de lo que hablaban los actores en la escena, hablaban como que distinto. Yo estaba sentada… en la galera, mi anormal no pudo conseguir otro billete. ¡Anormal!, lamento que el sábado estuve fría con S., él me hubiera conseguido en la platea. S., por un beso, está dispuesto a todo. Para hacer rabiar al anormal, mañana mismo vendrá a casa S., nos conseguirá billete a ti y a mí.

Tuya, N.

**

Del redactor al colaborador

¡Iván Mijáilovich! ¡Pero esto es una puercada! Andorrea cada noche al teatro con el billete de la redacción, y al mismo tiempo no aporta ni una línea. ¿Qué espera pues? Hoy Sarah Bernhardt es la sensación del día, hoy hay que escribir sobre ella. ¡Apúrese, por Dios!

Respuesta: Yo no sé qué escribirle. ¿Elogiarla? Esperemos por ahora a ver qué escriben los otros. El tiempo no se irá.

Suyo, J.

Estaré hoy en la redacción. Prepare el dinero. Si le da lástima el billete, pues mande por éste.

**

Carta de la Sra. N. a ese mismo colaborador

¡Usted es una almita, Iván Mijáilich! Gracias por el billete. A Sara me cansé de verla, y le ordeno elogiarla. ¡¿Pregunte en la redacción, si mi hermana puede ir hoy al teatro con los billetes de la redacción?! Muchísimo me obligará.

Reciba, y demás.

Suya, N.

Respuesta: Se puede… con pago, por supuesto. El pago no es grande:

permiso para presentarme en su casa el sábado.

**

De la esposa al redactor

Si no me envías hoy el billete para Sarah Bernhardt, pues no vengas a casa. Para ti, entonces, tus colaboradores son mejores que tu esposa. ¡Que esté yo hoy en el teatro!

**

Del redactor a la esposa

¡Mátushka! ¡Siquiera tú no te metas! ¡Yo sin ti no tengo adonde voltear la cabeza con esta Sara!

**

Del librito de apuntes del acomodador

Ahora dejé entrar a cuatro. Catorce rub.

Ahora dejé entrar a cinco. Quince r.

Ahora dejé entrar a tres y a una madame. Quince rub.

**

… Bueno que no fui al teatro y vendí mi billete. Dicen que Sarah Bernhardt actuó en lengua francesa. De todas formas, no hubiera entendido nada…

Mayor Kovalióv

**

¡Mítia! Hazme el favor, ruégale de algún modo más suave a tu esposa para que, al sentarse con nosotros en el palco, se maraville en voz más baja con los vestidos de Sarah Bernhardt. En el pasado espectáculo susurraba en voz tan alta, que yo no oía de qué se hablaba en la escena. Ruégale, pero más suave. Muchísimo me obligarás.

Tuyo, U.

**

Del eslavista J. al hijo

¡Hijo mío! Yo abrí mis ojos y vi el signo de la perversión… Miles de personas rusas, ortodoxas, que hablaban de la unión con el pueblo, iban en multitudes al teatro y ponían su oro a los pies de la hebrea… Liberales, conservadores…

**

¡Almita! Aunque me polvorees la ranita con azúcar, de todas formas no me la voy a comer…

Sobakiévich.

PREGUNTAS ADICIONALES

(PARA LAS TARJETAS PERSONALES DEL CENSO ESTADÍSTICO PROPUESTAS POR ANTOSHA CHEJONTÉ)

16) ¿Es usted una persona inteligente o estúpida?

17) ¿Usted es una persona honrada?, ¿un estafador?, ¿un bandido?, ¿un canalla?, ¿un abogado o?

18) ¿Qué folletinista le viene más de alma? ¿Suvórin? ¿Búkva? ¡Amicus! ¿Lukín? ¿Yúlii Shreyero?

19) ¿Es usted Josefo o Calígula? ¿Susana o Nana?

20) ¿Su esposa es rubia?, ¿trigueña?, ¿castaña?, ¿pelirroja?

21) ¿Le pega a usted su esposa o no? ¿Usted le pega o no?

22) ¿Cuántas libras pesaba usted cuando tenía diez años?

23) ¿Bebidas alcohólicas, consume?, ¿sí o no?

24) ¿En qué pensaba usted la noche del censo?

25) ¿A Sarah Bernhardt, la vio?, ¿no?

PROPAGANDAS Y ANUNCIOS CÓMICOS

(INFORMÓ ANTOSHA CHEJONTÉ)

Declaración del dentista Walter

A mi conocimiento ha llegado que mis pacientes toman al recién llegado dentista Walter por mí, y por eso tengo el honor de informar que yo vivo en Moscú, y mego a mis pacientes no mezclarme con Walter. No es él Walter, sino soy yo Walter. Pongo dientes, vendo una tiza triturada inventada por mí para la limpieza de los dientes, y tengo el letrero más grande. Las visitas las hago de corbata blanca.

Dentista junto a la casa de fieras de Winkler, Walter.

*

En la librería de Léujin se venden los siguientes horribles libros:

Manual autodidáctico de amor ardiente, o ¡Ah, tú, cerdo! Obra de Idiótov, precio 1 r. 80 k.

Cartas completas. Obra del doctor en blasfemia, Mierzávziev, p. 4 r.

Secretos del amor secreto, o Cartera de placeres amorosos, p. 5 r.

Diccionario de todas las palabras indecentes usadas en todos los países del mundo, p. 7 r.

Apuntes de un calcetín femenino, o ¡Ay de la inocencia! p. 1 r. 50 k.

Método para pervertir, seducir, corromper, encender y demás. Libro de cabecera para jóvenes. Precio 6 r. por 4 tomos.

Los secretos de la naturaleza o ¿Qué es el amor? Libro para niños menores de edad con polytypages en el texto, p. 3 r. 50 k.

A los dados de alta un 25% de descuento. Los compradores por más de 50 r., reciben gratis 50 tarjetitas fotográficas y una llavecita de reloj con panorama.

*

Abierta la suscripción del año 1882 para el gran semanal, político, literario, comercial y asombroso periódico.

La gaceta de las novedades y de la bolsa editada por los accionistas de la sociedad, con un capital básico de 3 000 000 de mar. fin. o cerca de 1200 r., repartidos en 3000 acciones de 1000 m. f. cada una.

La gaceta de las Novedades tiene:

dos fábricas de papel propias, un redactor muy ingenioso propio, una tipografía propia, una librería propia y desde el año 1882 va a tener:

una casa propia, un establo propio para los burros propios, una casa propia para los dementes, una sección de deudas propia y una taberna propia.

La gaceta se imprime con las acciones de la sociedad antes recordada.

*

Se escaparon los suscriptores:

Quien los encuentre, que los entregue a la redacción de El minuto.

Recompensa: un apretón de manos del redactor.

Salieron a la venta las siguientes obras del abogado Smirnóv:

El derecho del puño. Traducción del tártaro. Para estudiantes de derecho, p. 1 r.

¿Pegar o no pegar? p. 3 r.

Fisiología del puño. p. 1 r.

A los libreros y abogados: descuento.

*

A Moscú llegaron:

La súbdita francesa Nana Sujoróvskaya, de Petersburgo. Se hospedó en las Líneas Petróvskii.

De Moscú salieron:

El corresponsal Molchánov y el Polo sur.

Ciento cuarenta y cinco abogados a Taganrog.

*

Velada musical-cantoral-literaria-bailable con la participación de la sra. Nana Sujoróvskaya a favor de los habitantes de Herculano y Pompeya víctimas del Vesubio, en el Bazar eslavo.

29 de febrero.

Programa:

¡Hace frío, peregrinos, hace frío! Llorará el sr. Ivánov-Koziélskii.

¡¿Y dónde están nuestros talentos?! ¡Qué diablos! Se indignará el sr. Avérkiev.

La cabeza a la cabeza con la cabeza la cabeza le rompió. Silbará el redactor Lánin.

Soy culpable acaso yo…. Cantará m-me Briénko.

La pobreza saltará, la pobreza danzará… Baile gitano, ejecutarán artistas del Teatro pushkiniano.

Y pues finado Nikolai, pero yo… Obertura, ejecutará el sr. Shostakóvskii.

¡No todo pobre está en cueros!, cantará, bailando, la sra. Nana Sujoróvskaya.

¿Para qué ser modesto? Pushkin primero, Lérmontov segundo, y yo,

Vielichkov, tercero... Por el sr. Vielíchkov, que no sabe leer, leerán sus amigos.

Mañana, mañana, no hoy, ¡así hablan los perezosos! Cantará el redactor de El ciego.

Inicio a las 7.30 horas.

Para caso de desmayo por bochorno (45 ° R), se cuenta con médico y alcohol de amoniaco gratis.

TAREAS DE UN MATEMÁTICO LOCO

1. Me perseguían 30 perros, de los cuales 7 eran blancos, 8 grises y los restantes negros. Se pregunta: ¿en qué pierna me mordieron los perros, en la derecha o en la izquierda?

2. Autolimio nació en el 223, y murió tras vivir 84 años. Una mitad de la vida la pasó en viajes, un tercio lo gastó en placeres. ¿Cuánto vale una libra de clavos y estuvo acaso casado Autolimio?

3. En el año nuevo, de la mascarada del teatro Bolshói fueron sacados 200 hombres por pelea. Si los que peleaban eran doscientos pues, ¿cuántos eran los injuriosos, los borrachos, los levemente borrachos y los que deseaban, pero no hallaban ocasión de pelear?

4. ¿Qué se obtiene tras la suma de esas cifras?

5. Se compraron 20 cajas de té. En cada caja había 5 puds, cada pud tenía 40 libras. De los caballos que cargaban el té, dos se cayeron en el camino, uno de los cocheros se enfermó y 18 libras se derramaron. La libra tiene 96 zolotniks de té. Se pregunta, ¿qué diferencia hay entre el pepino en salmuera y la perplejidad?

6. La lengua inglesa tiene 137 856 738 palabras, la francesa 0,7 más. Los ingleses se juntaron con los franceses y unieron ambas lenguas en una. Se pregunta, ¿qué vale el tercer papagayo y cuánto tiempo se necesitó para subyugar a esos pueblos?

7. El miércoles 17 de junio de 1881, a las 3 de la madrugada, debió salir el tren de la estación A por la vía férrea, para llegar a la estación B a las 11 de la noche pero, antes de la misma partida del tren, se recibió la orden de que el tren llegara a la estación B a las 7 de la noche. ¿Quién ama más prolongado, el hombre o la mujer?

8. Mi suegra tiene 75 años y mi esposa 42. ¿Qué hora es?

¡SE OLVIDÓ!

Alguna vez un mañoso teniente, bailador y faldero, y ahora un hacendado gordito, bajito y ya dos veces enfermo de parálisis, Iván Prójorich Gauptvájtov, extenuado y torturado con las compras de la esposa, entró a un gran almacén musical a comprar unas notas.

—¡Saludos! —dijo entrando al almacén—. Permítame…

Un alemán pequeño, parado tras el mostrador, estiró el cuello a su encuentro, y mostró en el rostro un sonriente signo inquisitivo.

—¿Qué ordena?

—Permítame… ¡Hace calor! ¡Un clima tal, que no puedes hacer nada! Permítame… Mmmm… me… Mm… Permítame… ¡¡Me olvidé!!

—¡Acuérdese!

Gauptvájtov puso el labio superior sobre el inferior, arrugó su frente pequeña como un ovillo, levantó los ojos y se quedó pensando.

—¡¡Me olvidé!! ¡Qué, perdona Señor, memoria de demonio! Mire, este… éste… Permítame… Mm… ¡¡Me olvidé!!

—Acuérdese…

—Le dije a ella: ¡apúntamelo! Pues no… ¿Por qué no me lo apuntó? No puedo yo pues recordarlo todo… ¿Y puede ser, usted mismo sabe? Una pieza extranjera, se toca así, alto… ¿Ah?

—Nosotros tenemos tanto, sabe, que…

—Bueno sí… ¡Se entiende! Mm… Mm… Deje acordarme… Bueno, ¿cómo hacer pues? Y sin la pieza no se puede ir; Nádia se atormenta, mi hija, o sea; la toca sin notas, sabe, es embarazoso… ¡no sale eso! Ella tenía las notas pero yo, confieso, sin querer, las manché de queroseno, y para que no hubiera gritos, las tiré detrás de la cómoda… ¡No me gustan los gritos de las mujeres! Me mandó a comprarlas… Bueno sí… Fff… ¡Qué gato importante! —Y Gauptvájtov acarició a un gran gato gris, que estaba tumbado sobre el mostrador… El gato empezó a ronronear y se estiró con apetito.

—Bueno… ¡Un canalla, a saber, siberiano! De raza, el bribón… ¿Es gato o gata?

—Gato.

—Bueno, ¿qué miras? ¡Jeta! ¡Imbécil! ¡Tigre! ¿Cazas ratones? ¿Miau, miau? ¡Qué memoria de anatema! ¡Grande, el bribón! ¿Un gatito de él, aquí, no se puede conseguir?

—No… Hum…

—Si no, lo compraría… Mi esposa, es un horror cómo quiere al prójimo de éste, ¡a los gatos! ¿Cómo hacer ahora pues? Todo el camino lo recordé, y ahora lo olvidé… ¡Perdí la memoria, shabbath! Me puse viejo, pasó mi tiempo… Es hora de morir… Se toca así alto, con trucos, solemnemente… Permítame… Ujum… La canto, puede ser…

—Cante… oder… oder… ¡o chíflela!

—Chiflar en un local es pecado… Mire, en nuestro país, Sidiélnikov chifló, chifló, y se rechifló… ¿Usted es alemán o francés?

—Alemán.

—Así así, yo por el semblante lo advierto… Bueno que no es francés… No me gustan los franceses… Jriú, jriú, jriú… ¡una puercada! Durante la guerra comían ratones… Chiflaba en su tienda desde la mañana hasta la noche, ¡y rechifló todo su abarrote por una tubería! Está lleno de deudas ahora… Y me debe doscientos rublos… Yo, a veces, la cantaba para mí, con la nariz… Hum… Permítame… La voy a cantar… Espere. Ahora… Ujum… La tos… Me pica la garganta…

Gauptvájtov, tras chasquear tres veces con los dedos, cerró los ojos y empezó a cantar en falsete:

—To-to-ti-to-tom… Jo-jo-jo… Me sale tenor… En casa yo más, siempre, como un tiple… Permítame… Tri-ra-ra… Ujum… En los dientes, se me trabó algo… ¡Tfú! Una semillita… O-to-o-o-uu… Ujum… Me resfrié, debe ser… Tomé cerveza fría en la taberna… Tru-ru-ru… Todo así, arriba… y después, sabe, abajo, abajo… Entra así de costado, y después se toma una nota alta, así, desparramada… to-to-ti… muu. ¿Entiende? Y ahí, en ese momento, se toman los bajos: gu-gu-gu-tutu… ¿Entiende?

—No entiendo.

El gato echó una mirada a Gauptvájtov con asombro, se empezó a sonreír, debe ser, y se bajó del mostrador con pereza.

—¿No entiende? Lástima… Por lo demás, yo no lo canto así… ¡Me olvidé por completo, qué fastidio!

—Tóquelo en el piano de cola… ¿Usted toca?

—No, no toco… Toqué el violín alguna vez, en una sola cuerda, y eso así… a lo imbécil… No me enseñaron… Mi hermano Nazár toca… A ése le enseñaron… El francés Rocat, puede ser que lo conozca, Benedict Francish, le enseñó… Un francesito gracioso… Le decíamos Bonaparte… Se enojaba… «Yo, dice, no soy Bonaparte… Yo, soy de la república francesa»… Y su morro, a decir verdad, era republicano… Un morro de perro por completo… A mí, mi finado padre no me enseñó nada… A tu abuelo, decía, le pusieron Iván, y tú eres Iván, y por eso tú debes parecerte a tu abuelo en todas tus acciones: ¡a lo militar, bellaco! ¡¡ A la pólvora!! Unas ternuras hermano… hermano… Yo, hermano… ¡Yo, hermano, las ternuras no te las permito! El abuelo, en cierto sentido, comía tasajo, ¡y tú come eso! ¡La montura póntela debajo de la cabeza, en lugar de la almohada! ¡Me va a tocar ahora en la casa! ¡Me van a comer! Sin las notas no se permite llegar… ¡Adiós, en ese caso! ¡Disculpe la molestia! ¿Cuánto vale ese piano de cola?

—¡Ochocientos rublos!

—Fu-fu-fu… ¡Padrecito! Eso se llama: ¡cómprate un piano de cola y anda sin pantalones! ¡Jo-jo-jo! ¡¡¡Ochocientos rub… blos!!! ¡El labio no es tonto! ¡Adiós! ¡Sprechensie! Gebensie… Yo almorcé, sabe, una vez, en casa de un alemán… Después del almuerzo, le pregunto a un señor, alemán también, cómo decir en alemán: «¡Le agradezco humildemente por el pan, por la sal». Y él me dice… y me dice… Permítame… Y dice: \Ich liebe dich von ganzem herzen! ¿Y eso qué significa?

—¡Yo… yo te amo —tradujo el alemán, parado tras el mostrador—, con todo el corazón!

—¡Ahí tiene! Yo me acerco a la hija de la ama, y le digo así directo… Le entra una confusión… Casi hasta la histeria llegó el asunto… ¡Una comisión! ¡Adiós! Por la mala cabeza duelen los pies… Así a mí… Una desgracia con la memoria imbécil: ¡unas veinte veces vienes! ¡Que esté saludable!

Gauptvájtov abrió la puerta con cuidado, salió a la calle y, tras dar cinco pasos, se puso el sombrero.

Reprendió a su memoria y se quedó pensando…

Se quedó pensando en cómo llegaría a su casa, cómo se levantarían a su encuentro su esposa, su hija, sus niñitos… Su esposa examinará las compras, lo reprenderá, lo llamará como algún animal, burro o buey… Sus niñitos se lanzarán sobre los dulces y, con exasperación, empezarán a estropear sus ya estropeados estómagos… Saldrá a su encuentro Nádia, con un vestido celeste y una corbata rosada, y le preguntará: «¿Compraste las notas?». Tras oír «no», reprenderá a su viejo padre, se encerrará en su habitación, empezará a sollozar y no saldrá a almorzar… Después, saldrá de su habitación y, llorosa, muerta de dolor, se sentará al piano de cola… Tocará al principio algo lastimero, cantará algo, tragando las lágrimas… Al atardecer, Nádia se pondrá más contenta y, finalmente, tras suspirar profundo, por última vez, tocará su preferido: to-to-ti-to-to...

Gauptvájtov se golpeó la frente y, como un loco, corrió de vuelta hacia el almacén.

—¡To-to-ti-to-to, ésa! —empezó a vociferar, entrando corriendo al almacén—. ¡¡Me acordé!! ¡Esa misma! ¡To-to-ti-to-to!

—Ah... Bueno, ahora se entiende. Ésa es la rapsodia de Liszt, la número dos... La Hongroise...

—Sí, sí, sí... ¡Liszt, Liszt! ¡Que me pegue Dios, Liszt! ¡La número dos! Sí, sí, sí... ¡Hijito! ¡Esa misma es! ¡Amigo!

—Sí, a Liszt es difícil cantarlo... ¿A usted cuál pues, la original o la facilité?

—¡Alguna! ¡Sólo que sea la número dos, Liszt! ¡Vivaracho ese Liszt! To-to-ti-to... ¡Ja-ja-ja! ¡A la fuerza me acordé! ¡Asimismo!

El alemán tomó un cuaderno del anaquel, lo envolvió con un montón de catálogos y anuncios, y le entregó el envoltorio al solicitante Gauptvájtov. Gauptvájtov pagó ochenta y cinco kopeks y salió silbando.

UNA VIDA EN PREGUNTAS Y EXCLAMACIONES

Infancia. ¿Qué nos ha dado Dios, un hijo o una hija? ¿Será pronto el bautizo? ¡Qué niño más hermoso! ¡Ten cuidado, mamita, no se te caiga! ¡Ay, ay, que lo tiras! ¿Que le han salido ya los dientes? ¿Es escrofulosis lo que tiene? ¡Quítenle ese gato no le vaya a arañar! ¡Tírale del bigote al tío! ¡Así! ¡A ver si paras de llorar! ¡Que viene el coco! ¡Ya sabes andar solo! ¡Llévenselo de aquí! ¡Está muy mal educado! ¿Qué es lo que le ha hecho? ¡Pobre chaqueta! ¡No importa, la secaremos! ¡Ha tirado la tinta! ¡Duerme, angelito! ¡Pero si habla ya! ¡Qué alegría! ¡A ver, dinos algo! ¡Por poco lo atropella el carro! ¡Hay que despedir al aya! ¡Quítate de la corriente! ¡Debiera darle vergüenza pegarle a un nene tan pequeño! ¡No llores! ¡Dele un bollo!

Adolescencia. ¡Ven aquí, que le voy a dar unos azotes! ¿Dónde te has roto la nariz? ¡Deja en paz a tu mamita, que no eres tan pequeño! ¡No te acerques a la mesa! ¡A ti te tocará después! ¡Lee! ¿No te sabes la lección? ¡Pues al rincón! ¡Suspenso! ¡No te metas clavos en los bolsillos! ¿Por qué no obedeces a mamá? ¡Come como Dios manda! ¡Deja de hurgarte la nariz! ¿Has sido tú quien ha pegado a Mitia? ¡Granuja! ¡Léeme La Sopa de Demián! ¿Cómo es el nominativo plural? ¡Suma y resta! ¡Fuera de la clase! ¡Te quedas sin almorzar!

¡A dormir, que son las nueve! ¡Éste no se pone caprichoso más que cuando hay huéspedes! ¡Mentira! ¡Péinate esos pelos! ¡Fuera de la mesa! ¡A ver, enséñanos las calificaciones! ¿Y si has destrozado las botas? ¡Es vergonzoso llorar a tus años! ¿Dónde te has manchado el uniforme? ¡No gana uno para vosotros! ¿Otro suspenso? ¿Cuándo voy a poder dejar de castigarte? ¡Como te vea fumando te echo de casa! ¿Cuál es el superlativo de facilis? ¿Facilissimus? ¡Miente usted! ¿Quién se ha bebido el vino? ¡Muchachos, han traído un mono al patio! ¿Por qué ha dejado usted a mi hijo para el segundo año? ¡Ha venido la abuela!

Juventud. ¡Es pronto para que te pongas a beber vodka! ¡Explíqueme la sucesión de tiempos gramaticales! ¡Pronto empieza usted, joven! ¡A sus años, yo no sabía nada de eso! ¿Sigues sin atreverte a fumar delante de tu padre? ¡Qué vergüenza! ¡Recuerdos de Ninochka! ¡Abran el libro de Julio César! ¿Hay aquí ut consecutivum? ¡Qué guapa estás, chiquilla! ¡Déjeme, señorito… o se lo digo a su padre! ¡Habrá bribona! ¡Magnífico, me está saliendo el bigote! ¿Dónde? ¡Eso es que te lo has pintado! ¡Nadine tiene una barbilla encantadora! ¿En qué grado está usted? ¡Papá, reconozca que no puedo seguir sin dinero para gastos menudos! ¿Natasha? ¡La conozco! ¡He estado en su casa! ¿De modo que eras tú? ¡Pues mira qué mosquita muerta! ¡Dadme lumbre! ¡Si supieses lo que la quiero! ¡Es una divinidad! ¡En cuanto termine la carrera me caso con ella! ¡A usted no le importa, maman! ¡Lo dedicaré a usted unos versos! ¡Déjame la colilla! ¡Me mareo a la tercera copa! ¡Bis, bis, bravo! ¿De veras que no has leído a Born? ¡No es el coseno, sino el seno! ¿Dónde está la tangente? ¡Sonka tiene unas piernas feísimas! ¡Un beso! ¿Bebemos? ¡Hurra, he terminado la carrera! ¡Apúntemelo a mí! ¡Présteme veinticinco rublos! ¡Me caso, padre! ¡Pero si he dado mi palabra!… ¿Dónde has pasado la noche?

Entre veinte y treinta años. ¡Présteme cien rublos! ¿Qué Facultad? ¡Me da lo mismo! ¿A cómo vale la conferencia? ¡Pues no es caro! ¡Al Strelna, ida y vuelta! ¡Bis, bis! ¿Cuánto le debo? ¡Venga mañana! ¿Qué ponen hoy en el teatro? ¡Oh, si usted supiese cómo la amo! ¿Sí o no? ¿Sí? ¡Oh amor mío! ¡Mozo! ¿Le gusta el jerez? ¡María, danos unos pepinillos en salmuera! ¿Está en casa el redactor jefe? ¿Que no sé escribir? ¡Me extraña! ¿De qué voy a vivir? ¡Présteme cinco rublos! ¡Al salón! ¡Señores, está amaneciendo! ¡La he dejado! ¡Présteme el frac! ¡La amarilla al rincón! ¡Ya estoy borracho sin necesidad de beber más! ¡Me muero, doctor! ¡Préstame algo de dinero para medicinas! ¡Por poco me muero!

¿He adelgazado? ¿Nos vamos al cabaré Yar? ¡Vale la pena! ¡Deme usted trabajo, por favor! ¡Es usted… un vago! ¿Por qué ha tardado tanto? ¡No es por dinero! ¡Sí, sí es por dinero! ¡Me pego un tiro! ¡Se acabó! ¡Que se vaya al diablo! ¡Adiós, vida miserable! ¡Pero… no! ¿Eres tú, Lisa? ¡Maman, estoy en las últimas! ¡Mi vida toca a su fin! ¡Déjeme sitio, tío! ¡Ma tante, el coche espera! ¿Verdad que he cambiado, mon oncle? ¿Me encuentra más ladino? ¡Ja, ja! ¡Firme este papel! ¿Casarme yo? ¡Jamás! ¡Ella, ay, está casada! ¡Excelencia! ¡Preséntame a tu abuela, Serge! ¡Es usted encantadora, princesa! ¿Vieja? ¡Qué barbaridad! ¡Lo que busca usted es que la lisonjeen! ¡Deme una butaca de segunda fila!

Entre los treinta y los cincuenta. ¡Todo ha fracasado! ¿Hay alguna vacante? ¡Nueve sin triunfos! ¡El siete de corazones! ¡Votre excellence la da! ¡Es usted terrible, doctor! ¿Que tengo adiposidad hepática? ¡De ninguna manera! ¡Cuánto cobran estos médicos! ¿Cuál es la dote de ella? ¡Si ahora no la ama, la amará con el tiempo! ¡Que sea enhorabuena ese matrimonio! ¡Alma mía, me es imposible no jugar! ¿Catarro gástrico? ¿Niño o niña? ¡Un retrato de su padre! ¡Te aseguro que no la conozco! ¡Desecha esos celos! ¡Vámonos, Fanny! ¿El brazalete? ¡Champán! ¡Le felicito por su ascenso! Merci! ¿Qué conviene hacer para adelgazar? ¿Estoy calvo? ¡No me dé la lata, querida suegra! ¿Niño o niña? ¡Estoy borracho, Karolinchen! ¡Permíteme que te dé un beso, alemanita de mi vida! ¡Ya está ese canalla otra vez con mi mujer! ¿Cuántos hijos tiene usted? ¡Ayude a este infeliz! ¡Qué hija tan encantadora la suya! ¡Los muy tunantes, lo han publicado en los periódicos! ¡Ven que te dé unos azotes, so granuja! ¿Eres tú quien me ha estropeado la peluca?

Vejez. ¿Iremos al balneario? ¡Cásate con él, hija mía! ¿Que es un imbécil? ¡No importa! ¡Baila mal, pero hay que ver qué pantorrillas! ¿Cien rublos por un beso? ¡Ay, diablilla! ¡Je, je, je! ¿Quieres que pidamos faisán, nena? ¡Hijo mío, te veo hecho… un tronera! ¡No olvide ante quién se halla, joven! ¡Ps, ps, ps! ¡Cómo me gusta la música! ¡Mozo, cham… cham… champaña! ¿Estás leyendo El Bufón? ¡Je, je, je! ¡Les llevo caramelos a mis nietos! ¡Mi hijo es guapo, pero yo lo fui más! ¿Dónde están aquellos tiempos? ¡No te he olvidado en mi testamento, Emochka! ¡Para que veas cómo soy! ¡Papaíto, dame el reloj! ¿Hidropesía? ¿Será posible? ¡Dios de los cielos! ¿Llora la familia? ¡Le va bien el luto! ¡Cómo huele el cadáver! ¡Que tus restos descansen en paz, honrado trabajador!

CONFESIÓN, U OLIA, ZHENIA, ZOIA
(CARTA)

Usted, ma chère, mi querida e inolvidable amiga, en su última y dulce carta me preguntaba, junto con otras cuestiones, por qué no me he casado todavía, a pesar de mis treinta y nueve años de edad.

Querida amiga, amo la vida familiar con toda mi alma, y no estoy casado porque el cruel destino no me lo ha permitido. En cinco ocasiones he deseado contraer matrimonio, y no he llegado a hacerlo porque todos los asuntos de este mundo, y en particular mi vida, se encuentran dirigidos por la casualidad, esa déspota. Le ofrezco unos cuantos ejemplos de cómo me ha conducido hasta ahora a llevar una vida ridículamente solitaria…

Ejemplo uno

Era una maravillosa mañana de junio. El cielo estaba tan despejado como una límpida acuarela añil. El sol jugueteaba en el río y se deslizaba sobre la hierba cubierta de rocío. El río y la hierba relucían de tal forma que daban la impresión de encontrarse recubiertos por diamantes. Los pájaros cantaban como si todos siguieran la misma partitura… Nos adentramos por un callejón salpicado por aquel sol amarillo, y con el corazón dichoso nos embriagamos del aroma de aquella mañana de junio. Los árboles nos contemplaban y con dulzura nos murmuraban palabras llenas de bondad… Las manos de Olia Gruzdovskaia —ahora está casada con el hijo del jefe de policía en tu distrito — reposaban con sosiego sobre mi mano, y su pequeño dedo meñique acariciaba mi pulgar… Sus mejillas ardían, y sus ojos… Oh, ma chère, eran unos ojos maravillosos. Tanto encanto, tanta verdad, tanto candor, tanta felicidad, tanta inocencia aniñada centelleaba en aquellos ojos azules. Yo estaba enamorado de sus hermosas trenzas y de las pequeñas huellas que sus diminutos pies dejaban sobre la arena…

—Olga Maxímovna, he dedicado toda mi vida a la ciencia —susurré, temeroso de que su dedo meñique resbalase de mi pulgar—. El futuro contiene una silla de catedrático para mí. Mi conciencia se encuentra llena de preguntas… Científicas… La vida es complicada, llena de trabajo, trabajo que es tan significativo como las preguntas… Bueno, en una palabra, voy a ser catedrático… Soy honesto, Olga Maxímovna… No soy rico, pero… Necesito una compañera que con su presencia… —Olia se avergonzó y bajo su mirada; el dedo meñique comenzó a temblar—. Que con su presencia… ¡Olía! ¡Mira hacia el cielo! Es tan límpido… Mi vida es igual de despejada, y desprovista de límites…

Mi lengua no había sido capaz de salir del laberinto en el que se había enredado cuando Olia levantó la cabeza, retiró su mano y aplaudió. Un grupo de gansos y sus bebés se dirigía hacia nosotros. Olia corrió hacia ellos y, riéndose con estruendo, extendió sus manos hacia ellos… ¡Oh, qué manos poseía, ma chére!

—¡Rac, rac, rac! —dijeron los gansos, extendiendo sus cuellos y mirando a Olia.

—¡Gansitos, gansitos! —gritó mi amada, extendiendo las manos hacia las crías.

Pero aquellos bebés poseían una sabiduría adelantada a su tierna edad. Una de ellas se alejó a toda prisa de las manos de Olia en dirección a su progenitor, un ganso muy grande y estúpido, para quejarse. El ganso extendió sus alas. La traviesa Olia se acercó a otra cría, y algo horrible ocurrió. El ganso bajó su cuello hasta el suelo y, silbando igual que una serpiente, se dirigió amenazante hacia Olia. Olia emitió un chillido lastimero y comenzó a retroceder. El ganso la persiguió. Olia se giró, pero al verlo no pudo evitar un grito aún más agudo, mientras que la palidez se imponía en su rostro, su rostro hermoso de niña, distorsionado ahora por el terror y la desesperación. Se comportaba como si la persiguieran trescientos demonios.

Yo corrí a ayudarla, y golpeé al ganso en la cabeza con mi bastón. No obstante el malévolo animal consiguió atrapar con su pico el dobladillo del vestido de Olia. Con los ojos muy abiertos y un rostro aterrorizado, temblando por todas partes, Olia hundió la cara en mi pecho...

—Eres una cobarde —dije.

—¡Golpea a ese ganso! —gritó, rompiendo a llorar.

No había nada inocente o infantil en aquel rostro aterrorizado; ¡lo único que había era estupidez! Ma chère, no puedo soportar la debilidad. No puedo imaginarme casado con una mujer cobarde y de corazón débil.

Los gansos lo echaron todo a perder. Calmé a Olia y me marché a casa, y su carita, apocada hasta el punto de la idiotez, no se me quitaba de la cabeza... Olia había perdido todo su encanto para mí. La abandoné.

Ejemplo dos

Amiga mía, conoces de sobra mi condición de escritor. El Señor ha iluminado una llama en mi alma, y no creo que tenga derecho a no usar mi pluma. Soy un sacerdote de Apolo... Todo, desde cada latido de mi corazón o cada bocanada que respiro, en otras palabras, todo lo que es mío, lo deposito en el altar de mi musa. Escribo, escribo, escribo... Quitadme mi pluma, y moriré. Te ríes, no me crees... Juro que es la verdad.

Pero tú lo sabes, ma chère: esta bola terrestre no es un buen lugar para un artista. El mundo es extenso y nos concede variados frutos, pero no es un lugar para que un escritor exista en él. Un escritor es un huérfano eterno, un exiliado, una cabeza de turco, un niño sin protección. Divido la humanidad en dos partes: los escritores y los que los envidian. Los primeros escriben, y los segundos se mueren de envidia, y construyen trampas de lo más variadas para los primeros. He sido destruido, de continuo se me destruye, y siempre seré destruido por las personas que envidian. Destruyen mi vida. Ellos han reunido en sus manos todos los instrumentos del oficio de escritor, se llaman a sí mismos «editores», «críticos», y con toda su fuerza intentan destruir a nuestros hermanos. ¡Malditos sean!

Escucha…

Durante algún tiempo salí de paseo con Zhenia Pshíkova. No dudo que recuerdes a esa chica de cabello castaño, dulce y pensativa… Ahora está casada con tu vecino Karl Ivánovich Wantse —à propos: Wantse en alemán significa «chinche», pero no se lo digas a Zhenia, se enfadará—, Zhenia amaba al escritor dentro de mí. Ella creía tan profundamente como yo mismo en mi vocación. Mis esperanzas la hacían vivir. Pero era joven. No podía comprender la división expuesta anteriormente de la humanidad en dos grupos. Ella no creía en la misma, y un buen día alcanzamos una catástrofe.

Me encontraba visitando la dacha de los Pshikov. Me consideraban el novio, y a Zhenia la novia. Yo escribía, ella leía. ¡Qué crítica era, ma chére! Era tan justa como Aristides, y tan estricta como Catón. Le dedicaba toda mi obra a ella… Zhenia amaba en especial una de mis piezas. Zhenia quería verla publicada. La envié a una de las revistas humorísticas. La envié el primero de julio, y esperé una respuesta durante dos semanas. El quince de julio llegó. Zhenia y yo recibimos la revista que habíamos estado esperando. Pasamos las páginas en estado de excitación, y a continuación leímos la carta que la acompañaba. Ella se puso colorada, yo me puse blanco. El sobre contenía la siguiente nota dirigida a mí:

Aldea de Shléndovo. Al señor M. B.

Usted no posee ningún talento. ¡Sólo Dios lo sabe cuál es el tema del relato! No desperdicie sellos en vano y déjenos en paz. Intente hacer algo distinto.

—¡Valiente tontería…! Estaba claro que la carta estaba escrita por idiotas.

—Mmm… —murmuró Zhenia.

—¡Canallas! —murmuré entre dientes—, Y bien, Yevgenia Márkovna, ¿te atreverás ahora a reírte de mi división del mundo?

Zhenia lo pensó durante un minuto, y respondió soltando un tremebundo bostezo.

—En fin —dijo al cabo—, tal vez sea cierto y no poseas ningún talento. Ellos entienden de estos temas mejor que tú. El año pasado Fiódor Fedoséievich se pasó todo el verano pescando conmigo, y todo lo que haces tú es escribir, escribir… Resulta de lo más tedioso.

¿Cómo? Y esto después de nuestras noches en vela, pasadas en mutua compañía leyendo y escribiendo, tras nuestros mutuos sacrificios a las musas… No entendía nada. Zhenia se volvió fría, primero hacia mi escritura, y después conmigo. Nos separamos. No podría haber sido de otra manera…

Ejemplo tres

Ya sabes, mi inolvidable amiga, que soy un auténtico melómano. La música es mi pasión, mi elemento… Los nombres de Mozart, Beethoven, Chopin, Mendelssohn, Gounod… ¡No son nombres de hombres, sino de gigantes! Adoro la música clásica. Rechazo las operetas, igual que rechazo el vodevil. Soy uno de los auténticos habitués de la Ópera. Jojlov, Kochetova, Bartsal, Usatov, Korsov… ¡Son seres maravillosos! ¡Cuánto me entristece no conocer a ningún cantante! Si conociera a alguno, le regalaría mi alma en señal de gratitud. El invierno pasado asistí a la ópera con asiduidad. No iba solo, sino con los Pepsinov. Es una pena que tú no conozcas a esta tierna familia. Cada invierno, los Pepsinov reservan un palco. Se entregan a la música con toda su alma… Y la joya de esta querida familia es la hija del coronel Pepsinov, Zoia. ¡Qué muchacha, mi querida amiga! Sus labios rosados por sí solos podrían volver a alguien como yo loco. Posee una dulce figura, es hermosa, inteligente. Yo la amaba… La amaba con locura, con pasión, con un amor sin igual. Mi sangre hervía cada vez que me sentaba a su lado. Puedes sonreír, ma chère… ¡Vamos, sonríe! No sabes cuán diferente es el amor de un escritor… El amor de un escritor es Etna más el Vesubio. Zoia me amaba. Sus ojos siempre miraban dentro de los míos, y los míos no dejaban de buscar dentro de los suyos… Éramos felices. Sólo quedaba dar un paso antes de casarnos…

Pero nos separamos.

Estaban representando Fausto. Fausto, querida mía, fue escrita por Gounod, y Gounod es un gran músico. Al entrar en el teatro decidí que me declararía a Zoia durante el primer acto, ya que nunca lo he comprendido. El gran Gounod escribió el primer acto en vano.

La representación comenzó. Zoia y yo nos escapamos al vestíbulo. Se sentó a mi lado, temblando con expectación y felicidad, jugueteando de forma mecánica con su abanico. En la luz de la noche, ma chère, era hermosa, muy hermosa.

—La obertura —comencé a explicar mis sentimientos— me ha llevado a ciertas reflexiones, Zoia Yégorovna… Tantos sentimientos, tantos… La escuchas y sueñas con… Sueñas con algo, y la escuchas…

Hipé, y continué hablando:

—Algo especial… Sueñas con algo que no sea de este mundo… ¿El amor? ¿La pasión? Sí, debe de ser eso… El amor… —hipé de nuevo—. Sí, el amor…

Zoia sonrió y se avergonzó, y se abanicó con más animación. Volví a hipar. No puedo soportar el hipo.

—Zoia Yégorovna, dígame, se lo ruego, ¿conoce usted este sentimiento? —volví a hipar—, Zoia Yégorovna, espero su respuesta.

—Yo… Yo… No le entiendo…

—Tengo hipo… Se me pasará. Le hablo sobre ese sentimiento universal, el cual… —hipé— ¡Maldición!

—Debería beber agua.

«Me declararé, y luego iré al bufé», pensé, y continué hablando:

—Seré breve, Zoia Yégorovna… Por supuesto se habrá dado cuenta de que…

Volví a hipar, y tanto me enojé que me mordí la lengua.

—Por supuesto, se habrá dado usted cuenta —volví a hipar—. Me ha tratado durante un año… Mmm… Soy un hombre honesto, Zoia Yégorovna. Soy muy trabajador… No soy rico, eso es cierto, pero…

Volví a hipar y me levanté.

—Debería beber agua —me aconsejó Zoia.

Di unos cuantos pasos alrededor del diván, me golpeé el cuello con el dedo y volví a hipar. ¡Ma chère, me encontraba en la más terrible de las situaciones! Zoia se puso de pie, y se dirigió hacia el palco. La seguí. Después de que la hubiera escoltado hasta el palco, hipé y salí a toda prisa hacia el bufé. Bebí unos cinco vasos de agua, y el hipo pareció calmarse un poco. Fumé un cigarrillo y regresé al palco. El hermano de Zoia se levantó y me cedió su sitio, el que estaba justo cerca de ella. Me senté y, de inmediato… ¡Volví a hipar! Transcurrieron cinco minutos y volví a hipar, esta vez de una forma algo peculiar. Me levanté y me dirigí hacia la puerta del palco. Ma chère, es mejor hipar cerca de la puerta que en la oreja de la mujer que amas. Volví a hipar. Un colegial en el palco contiguo me observaba y comenzó a reírse de forma que todos le oían. ¡Con qué alegría se reía el pequeño rufián! ¡Y con cuánta alegría le habría arrancado la oreja! Se rio, justo mientras cantaban la gran aria de Fausto en el escenario. ¡Blasfemia! No, ma chère, cuando nosotros éramos niños nos comportábamos con mucho más decoro. Insultando al colegial maleducado volví a hipar… En los palcos cercanos todo el mundo se rio.

—¡Bis! —dijo el colegial en un susurro audible.

—¿Qué demonios ocurre? —murmuró en mi oído el coronel Pepsinov—. Podría haber hipado en su casa, señor.

Zoia se puso colorada. Volví a hipar una vez más y, con furia, apretando los puños, salí del palco. Comencé a recorrer el pasillo arriba y abajo. Anduve sin parar, y aun así continuaba hipando. Me lo comí todo, me lo bebí todo. Al principio del cuarto acto, lo tiré todo por la borda y me marché a casa. Y por supuesto tan pronto como llegué dejé de hipar… Me golpeé en la sien, y exclamé:

—¡Hipa! ¡Ahora puedes hipar, ahora, novio bobo expulsado del escenario! No, no te echaron del escenario, ¡te hiparon fuera del escenario!

Al día siguiente me dirigí como era mi costumbre a la casa de los Pepsinov. Zoia no bajó a almorzar, y me envió un mensaje diciendo que estaba enferma y no podía verme, y Pepsinov no dejaba de hablar sobre cómo ciertos jóvenes no sabían cómo comportarse en público… ¡Idiota! No sabe que los órganos que causan el hipo no están sujetos a control voluntario.

Un estímulo, mi querida, es algo que obliga a que otra cosa se mueva.

—¿Y le daría su hija, si es que tuviera tal cosa, a alguien que se permitiera eructar en público? —me soltó Pepsinov tras el almuerzo—, Dígame. ¿Lo haría?

—Sí, lo haría… —murmuré.

—¡Pues eso estaría mal!

Así fue como Zoia terminó para mí. Ella no podía perdonarme mi hipar, de manera que morí a sus ojos.

¿Quieres que te explique otros doce ejemplos?

Lo haría, pero ya es suficiente. Las venas se han hinchado en mi frente, mis lágrimas están cayendo, y mi hígado se encuentra agitado… Oh, mis hermanos escritores, sólo el destino conoce lo que nos espera. Ma chère, permíteme que te desee todo lo mejor. Te acaricio la mano, y envío mis respetos a tu Paul. Me han llegado rumores de que es un buen esposo y un buen padre… ¡Dios le bendiga! Es una pena que beba tanto —esto no es una crítica, ma chère—. Que tengas buena salud, querida mía, sé feliz, y no olvides que tienes un servidor de lo más fiel,

Makar Baldástov

EL ENCUENTRO DE LA PRIMAVERA

(RAZONAMIENTO)

Los bóreas cambiaron el céfiro. Sopla una brisa que no viene del oeste ni del sur (estoy desde hace poco en Moscú y aún no conozco bien este lugar del mundo), sopla levemente, que apenas levanta las faldas... No hace frío, de tal manera no hace frío que uno puede atreverse a pasear con sombrero, abrigo y bastón. Incluso no hiela de noche. La nieve se derritió, volviéndose agua turbia, que fluye rumorosamente desde las colinas y los cerros hasta los sucios canales; únicamente no se derritió en las calles estrechas y en las callejuelas donde sosegadamente yace amontonada bajo una capa de tierra y así permanecerá hasta mayo... En los campos, en los bosques y en los bulevares tímidamente brota la hierba verde... Los árboles aún están completamente desnudos, pero parecen como si estuvieran animados. El cielo es bonito, puro, luminoso; sólo raras veces pasan nubes que dejan caer a la tierra pequeñas gotas... El sol brilla tan espléndido, tan cálido y tan tierno, que parece haber bebido y comido hasta saciarse, como si hubiera visto a un viejo amigo... Huele a hierba joven, estiércol, humo, moho, a todo tipo de basura, a la estepa y a algo muy particular... Allá donde mires, en la naturaleza todo son preparativos, labores, guisos sin fin... En esencia, llega la primavera.

El público, que ya se hartó terriblemente de gastar dinero en leña, de andar con pesadas pieles y gruesos chanclos, de respirar aire helado, húmedo y viciado, impetuosa, alegremente extiende los brazos para saludar la llegada de la primavera. La primavera es una invitada deseada, pero ¿acaso es buena? ¿Cómo les diría? Para mí, no se trata de que sea demasiado buena, y no se puede decir que sea demasiado mala. Sea como fuere, se la espera con impaciencia.

Los poetas, viejos y jóvenes, mejores y peores, dejan por un tiempo en paz a cajeros, banqueros, ferroviarios y maridos cornudos, dejan correr la pluma para componer madrigales, ditirambos, odas laudatorias, y demás obras poéticas, cantando en ellas todos los encantos primaverales... Cantan habitualmente con poca fortuna (no hablo de los presentes). La luna, el aire, la bruma, la lejanía, los deseos, «ella» está en ellos en primer plano.

Los prosistas también propenden a la armonía poética. Todos los folletines, alabanzas y vituperios comienzan y terminan con la descripción de sus propios sentimientos, a propósito de la inminente primavera.

Las señoritas y los caballeros... sufren mortalmente. Su corazón late a 190 pulsaciones por minuto, la temperatura es ardiente. Los corazones están llenos de dulces presentimientos... La primavera lleva consigo el amor, y el amor lleva consigo «¡Tanta felicidad, tanto sufrimiento!». En nuestro dibujo la primavera mantiene a los enamorados en la cuerda floja. Y hace bien. También en el amor hace falta disciplina, ¿qué sucedería si ella dejara caer el Amor, le diera, canalla, libertad? Yo soy un hombre más bien serio, pero también a mí en virtud de los aires primaverales, acuden a mi cabeza toda clase de diabluras. Escribo, y ante mis ojos hay paseos umbríos, fuentes, pájaros, «ella» y todo lo demás. La suegra empieza a mirarme de manera sospechosa, y la mujer se deja ver junto a la ventana...

Los médicos son gente muy seria, pero tampoco ellos duermen tranquilos... Tienen pesadillas y les invaden los sueños más seductores. Las mejillas de los doctores, los practicantes y los boticarios arden sonrosadas y febriles. Y no sin motivo. Sobre las ciudades se extienden nauseabundas nieblas, y esas nieblas están compuestas de microorganismos que producen enfermedades... Duele el pecho, la garganta, los dientes... Se despiertan viejos reumatismos, gotas, neuralgias. Los tísicos tosen sin parar. En las farmacias hay terribles tumultos. El pobre boticario nunca puede comer ni tomar té. El clorato potásico, los polvos de Doverov, los ungüentos para el pecho, el yodo y estúpidos productos para los dientes se venden a montones. Escribo y escucho cómo en la farmacia vecina resuenan las monedas de cinco kopeks. Mi suegra tiene flemones en los dos carrillos: un monstruo monstruoso.

Los pequeños comerciantes, las cajas de ahorro, los caníbales prácticos, los judíos y los campesinos bailan la cachucha de la alegría. También para ellos la primavera es una bendición. Miles de abrigos de pieles van a las casas de empeños para dar de comer a los hambrientos. Toda la ropa de invierno que aún tiene valor se lleva para bendición de los judíos. Si no llevas el abrigo de piel a la casa de empeños, te quedas sin ropa de verano y te pavonearás en la casa de campo con pieles de castor y mapache. Por mi abrigo de piel que vale como mínimo 100 rublos, me dieron 32 en la casa de empeños.

En las ciudades de Berdichev, Zhitomir, Rostov, Poltava, el fango llega a las rodillas. Es un fango pardo, viscoso, fétido... Los transeúntes se sientan en casa y no asoman la nariz a la calle por si se hunden en el diablo sabe qué. Te dejas en el fango no sólo los chanclos, sino incluso las botas y los calcetines. Sal a la calle en caso de necesidad, o descalzo o en zancos, pero lo mejor es que no salgas en absoluto. En Moscú, a decir verdad, no se deja uno las botas en el fango, pero es más seguro llevar chanclos. Uno puede despedirse de los chanclos para siempre en muy pocos lugares (a saber: en la esquina de las calles Kuznetski y Petrovka, en Truba y casi en todas las plazas). De una aldea a otra no puedes ir.

Todos se disponen a pasear y regocijarse, excepto los adolescentes y los jóvenes. No se ve a la juventud por los exámenes de primavera. Todo el mes de mayo pasa obteniendo sobresalientes y suspensos. Para los suspensos la primavera no es un huésped deseado.

Aguarden un poco, dentro de cinco o seis días, como mucho dentro de una semana, los gatos maullarán más fuerte bajo las ventanas, la hierba rala se hará espesa, en las aldeas los brotes se harán vellosos, la hierba crecerá por todas partes, el sol calentará y la primavera será primavera de verdad. De Moscú saldrán convoyes con muebles, flores, colchones y doncellas. Pulularán hortelanos y jardineros… Los cazadores comenzarán a cargar sus escopetas.

Aguarden una semana, tengan paciencia, y mientras tanto pongan resistentes vendas en su pecho, para que no salgan de él sus desenfrenos, las impacientes demoras del corazón…

Por cierto, ¿cómo desean representar en el papel la figura de la primavera? ¿De qué manera? En tiempos antiguos, la dibujaban en forma de una bella doncella, tendida en un campo de flores. Las flores son sinónimo de alegría… Ahora son otros tiempos, hay otros gustos, y otra primavera. También se dibuja como una joven dama. No está tendida en las flores, puesto que no hay flores, y tiene las manos metidas en los manguitos. Haría falta representarla demacrada, delgada, esquelética, tísica, pero que sea comme il faut. Le haremos esa concesión sólo porque es una dama.

CALENDARIO EL DESPERTADOR DEL AÑO 1882

OBSERVACIONES AL CALENDARIO

1) Todos los calendarios mienten, con excepción del nuestro.

2) El calendario se va a extender durante todo el año 1882. Lo empezamos desde el 8 de marzo, porque previmos que en enero, febrero y principios de marzo, resueltamente, no sucederá nada, excepto los martes, los jueves y demás, que cansaron a todos. Por motivos ignorados por el jefe del calendario, en el corriente febrero no hubo incluso días 29 y 30.

3) Sería deseable efectuar lo más rápido posible, en alguna ciudad, un congreso de calendarios, para que en éste:

a) esté presente por parte de Rusia el señor Stálinskii. Este último señalará al congreso los motivos por los que él, Stálinskii, fechó uno de los números del difunto Járkov, en 1880, 30 de febrero;

b) estarían presentes los nacidos el 29 de febrero, para conocer del congreso si una persona noble puede, acaso, no celebrar el día de su cumpleaños anualmente. El congreso otorgará el derecho a existencia anual de las fechas recordadas, o señalará la fecha en que los nacidos el 29 de febrero podrían celebrar el día de su cumpleaños anualmente.

4) Los que encuentren en nuestro calendario alguna mentira, o los deseosos de compartir con nosotros los frutos de su capacidad de predecir y presagiar,

sírvanse dirigirse con sus indicaciones (por escrito) a la redacción de El despertador, al nombre del jefe del calendario.

5) Para la confección del calendario se han alquilado dos profesores de magia negra y un profesor de magia blanca. Con el mismo objetivo, el jefe del calendario busca una sonámbula o una clarividente. El salario de la última 1200 rublos al año.

Antosha Chejonté, Jefe del calendario El despertador.

OBSERVACIONES AL CALENDARIO II

1) Hechos diarios: la mañana, el mediodía, la noche, los conciertos, los envenenados con pescado, el incendio, el escándalo con el tranvía de caballos, los editoriales, las brillantes funciones del circo, el proceso de intendencia y la agudeza plana del pr. Mieschérskii.

2) A la señora Olga Molojóvietz: usted nos escribe que nuestros almuerzos son simplemente una delicia, y nos ruega que le permitamos reimprimir esos almuerzos en su Regalo para las amas de casa jóvenes. ¡Haga el favor!

3) Los que encuentren en nuestro calendario alguna mentira, o los deseosos de compartir con nosotros los frutos de su capacidad de predecir y presagiar, sírvanse dirigirse con sus indicaciones (por escrito) a la redacción de El despertador, al nombre del jefe del calendario.

4) Petersburgo. Redacción de El bonachón. Al cocinero principal. No sirve para nada. Demasiado insípido, podrido e indigesto. Échele sal y reduzca el ajo.

5) A la redacción de Russie. Merci. El kvas es estupendo. Lo vamos a recomendar. Usted escribe que el kvas sin cucarachas es algo alienígena. No estamos de acuerdo. Es necesario colarlo. Ordene lavar los bidones: ¡el olor de éstos es más putrefacto que el de Occidente!

Antosha Chejonté, Jefe del calendario El despertador.

OBSERVACIONES AL CALENDARIO III

1) Los colaboradores de El despertador, en prevención de las equivocaciones que pueden producirse, tienen el honor de informar con esta que ellos se van a besar tres veces sólo con las bonitas, y el jefe del calendario exclusivamente con las rubias.

2) En la semana corriente, combates entre españoles y austríacos no habrá.

3) Al señor N. N. Usted escribe que el cachalote relleno no se acomoda en la mesa. ¿Pues qué? ¡Cómprese una mesa más grande!

4) Petersburgo, redacción de Novedades. Los días de carne son pronto.

Críe patos.

5) ¡Tales asuntos pues, lector!

Antosha Chejonté, Jefe del calendario El despertador.

OBSERVACIONES AL CALENDARIO IV

1) En el número pasado no hubo calendario por gentileza de nuestros profesores de magia negra, que estaban borrachos.

2) El jefe del calendario invita al continuo garabateo de papeles a un historiador gran conocedor, sobrio y bien pensado. El historiador que acepte la invitación, sírvase dirigirse por escrito al nombre del director. Por cada hecho informado por él: un quinto en moneda sonante.

3) Señora N. N. Usted pregunta ¿qué puede hacer, para que su esposo no esté plantado constantemente en la cocina, y no la moleste al cocinar? Mire lo que hará: despida a la cocinera… ¿Seguro que ella no es bonita?

G. Baldástov, por el Jefe del calendario El despertador.

EL ESPIGÓN VERDE
(PEQUEÑA NOVELA)

I

A la orilla del mar Negro, en un lugar que en mi diario y en los de mis héroes y heroínas figura con el nombre de Espigón Verde, hay una dacha preciosa. Acaso desde el punto de vista de un arquitecto, de los aficionados a todo lo grave, a lo acabado y a lo estilístico, la dacha en cuestión no valga nada, pero en opinión de un poeta o de un pintor es una divinidad. A mí me cautiva por su humilde belleza, porque su hermosura no ahoga la hermosura circundante y porque no exhala la frialdad del mármol ni posee la soberbia de las columnas. Tiene un aspecto atractivo, seductor, romántico… Sus torretas sus agujas, sus paredes almenadas y sus astas asoman como un recuerdo del medievo entre los esbeltos y plateados álamos. Al mirarla me vienen a la memoria las novelas sentimentales alemanas: caballeros, castillos, doctores en filosofía y condesas misteriosas… La casa se alza sobre una colina. La rodea un frondosísimo jardín con avenidas, surtidores e invernaderos; y a sus pies se extiende el mar, severo y azul… Una brisa juguetona y húmeda sopla a menudo; múltiples voces de pajarillos acarician el oído; el cielo se mantiene siempre claro, y el agua, transparente. ¡Qué rincón tan maravilloso!

La dueña de la casa, María Yegórovna Mikshadze, dama de unos cincuenta años, alta, gruesa, que seguramente fue muy hermosa en otros tiempos, estuvo casada no sé si con un georgiano o con un reyezuelo circasiano. Es bondadosa, simpática y hospitalaria, aunque rígida en demasía. Mejor dicho, más que rígida es caprichosa… Nos daba de comer y de beber magníficamente y nos prestaba dinero a discreción; pero, al mismo tiempo, nos martirizaba de un modo horrible. La etiqueta era una de sus dos manías; la otra, su matrimonio con un «príncipe». Sustentando su conducta sobre estos dos pilares, la señora Mikshadze lo exagera todo siempre. No sonríe nunca, considerando, quizá, que esto constituye un desdoro para ella y, en general, para las grandes-dames. Cualquiera que tenga un año menos que ella es un mocoso. En su opinión, el linaje es virtud frente a la cual todas las demás no valen un ochavo. María Egoroyna odia la frivolidad y la ligereza, ama el silencio, etcétera. A veces, nos veíamos y nos deseábamos para aguantarla. A no ser por su hija, no creo que ahora nos deleitase el recuerdo del Espigón Verde. La bondadosa dueña representa la mancha más gris en nuestra memoria. Quien verdaderamente engalanaba la dacha era Olia, la hija de María Yegórovna, una guapa muchacha de diecinueve años, pequeña, esbelta y rubia. Olia es diligente y lista, dibuja con primor, se dedica a la botánica, habla muy bien el francés y muy mal el alemán, lee mucho y baila como la propia Terpsícore. Ha estudiado en el Conservatorio y toca muy aceptablemente. Los hombres amábamos a aquella chica de ojos azules; digo que la amábamos, no que nos hubiéramos «enamorado» de ella. La teníamos por algo propio, familiar… No nos imaginarnos el Espigón Verde sin ella. Quitando a Olia, la poesía de aquel lugar no sería completa. Era una bella figurita femenina sobre un primoroso paisaje; y a mí no me agradan los cuadros sin imágenes humanas. El chapoteo del mar y el murmullo de los árboles son muy placenteros por sí; pero si se les añade la voz de soprano de Olia acompañada por las nuestras, de tenores y bajos, y por el piano, el mar y el jardín se convierten en el paraíso terrenal. Profesábamos un gran afecto a la princesita; y le dábamos el nombre de hija de nuestro regimiento. También Olia nos quería. Sentíase atraída hacia nosotros, hombres, y sólo entre nosotros se encontraba en su elemento. Cuando no estábamos cerca de ella, adelgazaba y dejaba de cantar. Nuestra tertulia se componía de huéspedes veraniegos del Espigón Verde y de algunos vecinos. Entre los primeros figuraban el doctor Yakovkin, el periodista de Odesa Mujin, el licenciado en Física Fiveigki, hoy catedrático, tres estudiantes, el pintor Chejov, un barón de Jarkov, abogado de profesión, y yo, antiguo maestro particular de Olia, que la enseñé a hablar horriblemente el alemán y a cazar jilgueros. Llegábamos en mayo y ocupábamos durante el verano las habitaciones vacías del castillo medieval y todas las galerías. En marzo recibíamos dos cartas invitándonos a ir al Espigón Verde: la primera, de la princesa, era grave, seria, llena de admoniciones; la segunda, larguísima, graciosa, con mil proyectos diferentes, procedía de la princesita. Solíamos permanecer allí hasta septiembre. Entre los vecinos, que nos visitaban a diario, estaban el joven Yegórov, teniente de Artillería retirado, que se había presentado a examen en la Academia dos veces, fracasando en los dos intentos, pese a ser un muchacho muy listo y muy leído; el estudiante de Medicina Korobov, con su esposa Ekaterina Ivanovna; el hacendado Aleutov, y un sinnúmero de terratenientes y de militares, retirados y sin retirar, alegres y aburridos, tunos y bonachones… Toda esta banda se pasaba el verano entero, día y noche, comiendo, bebiendo, jugando, cantando, encendiendo fuegos artificiales y bromeando. Olia se volvía loca: gritaba, bullía y alborotaba más que nadie; era el alma del grupo.

Todas las tardes, la princesa nos reunía en la sala y, con el rostro encendido, nos reprochaba nuestro comportamiento «insolente», nos avergonzaba y juraba que por culpa nuestra le dolía la cabeza. Gustaba de echar sermones; y lo hacía sinceramente, convencidísima de que nos serían de provecho. A quien más reñía era a Olia, considerándola culpable de todo. La hija temía a la madre, la creía una diosa y escuchaba sus amonestaciones de pie, en silencio, ruborizada. María Yegórovna tenía a Olia por una niña: la mandaba ponerse en un rincón o la dejaba sin desayuno o sin almuerzo para castigarla. Y salir a defenderla hubiera significado echar leña al fuego. De haber podido, la princesa nos hubiera puesto en el rincón también a nosotros. Nos enviaba a vísperas, nos ordenaba leer en voz alta a Cheti-Miney, contaba nuestra ropa interior y se inmiscuía en todos nuestros asuntos. Nosotros, a veces dejábamos sus tijeras en cualquier parte, olvidábamos dónde estaba su alcohol o no podíamos encontrar su dedal.

—¡Pasmado! —exclamaba ella—, ¡Pasas por delante, tiras las cosas y no las recoges! ¡Recoge eso inmediatamente! ¡Qué castigo me ha enviado Dios con vosotros! ¡Retírate! ¡No estés en la corriente!

En ocasiones, por pura broma, alguno de nosotros era acusado de cualquier falta y tenía que comparecer ante la vieja.

—¿Has sido tú quien ha pisado el arriate? —comenzaba el juicio—, ¿Cómo te has atrevido?

—Lo he hecho sin querer…

—¡Calla! ¡Te pregunto cómo te has atrevido! El proceso terminaba con la absolución del acusado, con un beso en la mano de la acusadora con una carcajada homérica al salir el reo de la audiencia. Nunca fue cariñosa con nosotros la princesa. Dejaba las palabras afables tan sólo para las ancianas y los niños.

Jamás la vi sonreír. Ella aseguraba a un viejo general, que acudía los domingos a jugar a las cartas, que todos nosotros, los doctores, los licenciados, los barones, los pintores y los escritores, pereceríamos si no fuera por sus consejos… Por nuestra parte, no tratábamos de persuadirla, de lo contrario. Que presumiera. La princesa habría sido soportable si no nos hubiera exigido que nos levantásemos no más tarde de las ocho y nos acostásemos antes de las doce. La pobre Olia se recogía siempre a las once sin que fuera posible protestar. Por estos atentados a nuestra libertad, le tomamos el pelo a la vieja en más de una ocasión. Íbamos en cola a pedirle perdón; le componíamos versos laudatorios al estilo de Lomonósov; dibujábamos el árbol genealógico de los príncipes Mikshadze… Ella lo admitía todo como moneda de ley, y nosotros nos reíamos. María Yegórovna nos quería. Suspiraba profunda y sinceramente al compadecemos por no ser príncipes. Se había acostumbrado a nosotros como si fuésemos hijos suyos.

Al único a quien no quería era al teniente Yegórov. Le odiaba con toda el alma, profesándole una antipatía rayana en el absurdo. Le recibía en su casa por mera etiqueta y porque mediaban intereses económicos. En otros tiempos, el teniente fue su preferido. Es apuesto, ingenioso, sabe callar y es militar, circunstancia de gran valor para la princesa. Pero, a veces, tiene manías: se sienta, apoya la barbilla en los puños y se pone a murmurar horriblemente de todos y de todo, sin respeto a vivos ni a muertos. Cuando Yegórov se daba a la maledicencia, la princesa se ponía fuera de sí y nos echaba a todos de la habitación.

Una vez, mientras almorzábamos, Yegórov apoyó la cabeza en las manos; y, sin venir a cuento, sacó a colación a los «príncipes» caucasianos, tras de lo cual extrajo de su bolsillo un número de Sterkoza y tuvo el atrevimiento de leer lo siguiente en presencia de la princesa Mikshadze: «Tiflis es una hermosa ciudad. Entre las notabilidades de esta villa admirable, donde hay "príncipes" barriendo las calles y limpiando zapatos en los hoteles…», etcétera. La princesa se levantó de la mesa y salió sin pronunciar palabra. Su aversión por Yegórov subió de punto cuando a éste se le ocurrió escribir nuestros apellidos en el cuaderno de María Yegórovna, donde sólo constaban nuestros nombres de pila. Y este odio era tanto menos deseable y tanto más a despropósito cuanto que el teniente aspiraba a casarse con Olia y Olia estaba enamorada del teniente. Yegórov soñaba, aunque desconfiaba de ver realizados sus anhelos. Ella le amaba en secreto, a hurtadillas, para sí, tímidamente, de modo apenas perceptible. Su amor era para ella un contrabando, un sentimiento sobre el que pesaba un riguroso veto. No se le permitía amar.

II

En aquel castillo medieval estuvo a punto de desarrollarse uno de los estúpidos episodios del medievo.

Siete años antes, aún en vida del príncipe Mikshadze, llegó invitado al

Espigón Verde el príncipe Chaijidzev, un hacendado de Ekaterinoslav, amigo del dueño de la casa. Era el huésped un señor muy rico; tanto, que a pesar de haberse pasado la vida en medio de francachelas desenfrenadas, fue un ricachón hasta el fin de sus días. Mikshadze había sido compañero suyo de jaranas. Entre los dos raptaron a una muchacha que, posteriormente, había de ser la princesa Chaijidzev. Esta circunstancia había unido a ambos príncipes con sólidos lazos de amistad. Chaijidzev llegó con su hijo, un estudiante de ojos saltones, pecho enluto y pelo negro. Los viejos amigos, para recordar tiempos pasados, comieron y bebieron a su sabor; y el muchacho se puso a galantear a Olía, que a la sazón tenía trece años. El galanteo no pasó inadvertido. Los padres se hicieron un guiño y comentaron que los hijos no harían mala pareja. Incitados por la embriaguez, los obligaron a besarse; y, después de estrecharse las manos, se besaron ellos también. Mikshadze llegó a derramar lágrimas de ternura.

—Dios lo ha querido así —dijo Chaijidzev— Tú tienes una hija, y yo un hijo… Dios lo ha querido así…

Dieron un anillo a cada uno de los hijos y los fotografiaron juntos. El retrato estaba colgado en la sala y durante mucho tiempo sacó de quicio a Yegórov, pues era objeto de innumerables burlas y punzadas. La princesa María Yegórovna bendijo solemnemente a los futuros esposos. Por puro aburrimiento acabó aprobando la idea de los padres. Un mes después de la partida de los Chaijidzev recibió Olia por correo un valiosísimo regalo. Luego fueron llegándole cada año obsequios similares. El joven Chaijidzev había tomado el asunto mucho más en serio de lo que fuera de esperar. Cabeza de poco entendimiento, iba cada año al Espigón Verde, donde se pasaba una semana entera sin despegar los labios ni dejar de mandar a Olia, desde su habitación, cartas de amor. La chica las leía y se asombraba. Su discreta imaginación no podía concebir que una persona tan mayor escribiese tales bobadas. Porque eran verdaderas estupideces las que escribía. Mikshadze murió dos años antes de la época en que transcurre la presente historia. A punto de expirar dijo a Olia: «Ten cuidado, no vayas a casarte con un idiota. Cásate con Chaijidzev. Es un muchacho inteligente y digno». Y aunque ella sabía hasta dónde alcanzaba la inteligencia del mozo, no contradijo a su padre. Le dio palabra de casarse con él.

—¡Es la voluntad de mi padre! —nos decía, no sin cierto orgullo, como quien realiza una enorme proeza. Sentíase satisfecha de que su padre se hubiese llevado a la tumba su promesa. ¡Era una promesa tan extraordinaria y tan romántica!

Sin embargo, la naturaleza y la razón iban imponiéndose: el teniente Yegórov la rondaba a diario; mientras que Chaijidzev le parecía cada año más imbécil…

Una vez que Yegórov se atrevió a insinuarle que la amaba. Olia le rogó que no volviera a hablarle de amor; le recordó la promesa hecha a su padre, y se pasó la noche llorando. La princesa escribía todas las semanas a Chaijidzev, que estudiaba en la Universidad de Moscú, apremiándole para que terminase la carrera. «Entre mis huéspedes los hay mucho más jóvenes que tú y, sin embargo, han terminado ya sus estudios», le advertía. Chaijidzev contestaba muy respetuosamente, en papel rosado; y en los dos pliegos de que constaba la carta se esforzaba por demostrarle que los cursos no podían acabarse antes de un plazo determinado. También le escribía Olia. Sus cartas a mí son mucho más afectuosas que las que le dirigía a su prometido. La princesa estaba segura de que su hija se casaría con Chaijidzev. De no ser así, jamás le hubiera permitido salir de paseo y «hacer tonterías» con gente como nosotros: peleones, alocados, ateos y sin «sangre de príncipes». En su cerebro no había lugar para la duda. La voluntad del marido constituía un mandato sagrado… Y también Olia creía que, andando el tiempo, se llamaría Chaijidzeva…

Mas no estaba escrito que así fuera. La idea de los dos padres se truncó en el mismo instante de su ejecución. Fracasó la novela de Chijidzev, llamada a terminar como un folletín.

Chaijidzev llegó al Espigón Verde a últimos de junio del año pasado. Y llegó ya como estudiante veterano. La princesa le acogió con un abrazo solemne y con un larguísimo sermón. Se había puesto, para recibir al novio, un elegante vestido hecho al efecto. Trajeron champaña de la ciudad, se encendieron fuegos artificiales: y, a la mañana siguiente, todo el Espigón Verde hablaba de la boda que, al decir de la gente, había sido fijada para fines de julio. «¡Pobre Olia!», cuchicheábamos nosotros, yendo de un rincón a otro y mirando con ojos rencorosos a las ventanas de la habitación de aquel oriental odiado, que daban al jardín. Verdaderamente, había motivo para exclamar: «¡Pobre Olia!». Pálida, delgada, medio desfallecida, paseaba, triste, por el jardín. «Así lo han querido papá y mamá», decía cuando la abordábamos con nuestros consejos amistosos. «¡Pero si es una idiotez, una brutalidad!», le gritábamos. Ella se encogía de hombros y ocultaba la cara, llena de dolor. El novio, desde su habitación, enviaba a Olia con un criado cartas amorosas y, asomado a la ventana, se asombraba de la desenvoltura con que hablábamos y tratábamos a su futura esposa. No salía de su habitación más que para comer. Comía en silencio, sin mirar a nadie, respondiendo secamente a nuestras preguntas. Tan sólo una vez se atrevió a contar un chiste que resultó viejo y manido. Después de almorzar, la princesa lo sentaba a su lado y le enseñaba a jugar a los naipes. Chaijidzev jugaba en serio, pensando mucho, sudando y con el labio caído. Su actitud en el juego agradaba sobre manera a la princesa.

Una vez, después del almuerzo, el novio se escabulló de la partida de cartas y siguió a Olia, que se había dirigido al jardín.

—¡Olga Andreievna! —le dijo—. Sé que no me quiere usted. El arreglo de nuestra boda ha sido, ciertamente, extraño y estúpido. Pero yo... Espero que me querrá alguna vez.

Habló completamente turbado. Y se apresuró a retirarse del jardín a su habitación.

El teniente Yegórov permanecía recluido en su finca, sin visitar a nadie. No podía ver a Chaijidzev ni en pintura.

Un domingo (el segundo después de la venida del novio), creo que era precisamente el cinco de julio, muy de mañana se presentó en nuestros dormitorios un estudiante, sobrino de la princesa, con una orden de ella: al atardecer debíamos estar de punta en blanco, es decir, con traje negro, corbata blanca y guantes; serios, ingeniosos, ocurrentes, sumisos y rizados como lulús; nada de armar ruido; orden ejemplar en los cuartos. Iba a celebrarse algo por el estilo de unas amonestaciones. Llegó de la ciudad un aprovisionamiento de vinos, vodkas distintas y bocadillos. Los criados a nuestro servicio fueron incorporados, por aquel día, a la cocina. Terminado el almuerzo comenzaron a llegar los invitados, que siguieron presentándose hasta bien entrada la tarde. A las ocho, después de un paseo en barcas, empezó el baile.

Los hombres habíamos celebrado reunión con anterioridad, acordando por voto unánime librar a Olia de Chaijidzev aun a riesgo de provocar un escándalo mayúsculo. Levantada la sesión, corrí a buscar al teniente Yegórov, que vivía en su finca, a cosa de veinte verstas del Espigón Verde. Llegué y le encontré. ¡Pero cómo le encontré! Borracho como una cuba y dormido como un tronco. Lo zarandeé, lo levanté lo lavé, lo vestí y, pese a su resistencia y a sus gruñidos, me lo llevé al Espigón Verde.

A las diez de la noche, la fiesta se hallaba en su apogeo. Se bailaba en cuatro salas a los acordes de magníficos pianos de cola. En el jardín tocaba otro piano. Hasta la misma princesa quedó admirada de nuestros fuegos artificiales. Los encendimos en el jardín, en la orilla y mar adentro, sobre barcas. Bengalas multicolores, ardiendo en el cielo sobre el techo del castillo, iluminaban todo el Espigón. Se bebía en dos ambigús, instalado el uno en el jardín y el otro en la casa. A lo que parecía, la velada era en honor de Chaijidzev. Con la cara moteada de rojo, la nariz sudorosa y el cuerpo enfundado en un estrecho fraque, aquél bailaba con Olia, sonriendo, cohibido y notando lo desairado de su papel. Saltaba a la vista que todos sus pasos constituían una preocupación para él. Ansiaba brillar por algo; mas no lo conseguía. Posteriormente, Olia me contó que aquella noche tuvo lástima del infeliz príncipe. Le parecía tan cuitado... Daba la impresión de saber que le iban a quitar la novia, la muchacha en que pensaba durante las lecciones, al acostarse y al despertar. Cada vez que nos miraba, sus ojos tenían una expresión de súplica. Dijérase que veía en nosotros rivales poderosos e implacables.

Por la preparación de las copas más altas para brindar, y por las miradas de la princesa al reloj dedujimos la proximidad del minuto solemne, con toda seguridad, al dar las doce, le sería permitido a Chaijidzev besar a su prometida. Había que darse prisa, a las once y media me empolvé para aparentar palidez, me ladeé la corbata, me revolví el cabello y, con cara de preocupación, me acerqué a Olia:

—Olga Andreievna —me dirigí a ella agarrándola del brazo—. ¡Por el amor de Dios!

—¿Qué sucede?

—Por Dios, no se asuste, Olga Andreievna... no podía ser de otro modo. Era cosa de esperar...

—Pero ¿qué pasa?

—No se asuste... Pues sucede que... ¡Por Dios, querida mía!... Evgraf.

—¿Alguna desgracia?

Olía palideció y fijó en mí sus hermosos ojos, llenos de amistosa credulidad.

—Evgraf está a punto de morir... —dije.

Ella se tambaleó y se pasó la mano por la lívida cara.

—Ha sucedido lo que yo esperaba —proseguí—. Se está muriendo. ¡Sálvelo, Olga Andreievna!

Su mano oprimió la mía.

—¿Dónde..., dónde... está?

—En un cenador del jardín. ¡Algo horrible, querida! Pero... nos están mirando. Venga a la terraza... Él no la culpa a usted... Sabía que usted le...

—Pero ¿qué le ha sucedido?

—¡Algo espantoso!

—¡Vamos! Tengo que verle... No quiero que por culpa mía..., que por culpa mía...

Salimos a la terraza. A Olia se le doblaban las piernas. Fingí limpiarme una lágrima... Por nuestro lado pasaban, una y otra vez, miembros de nuestra pandilla, pálidos, inquietos, con cara de preocupación y de susto.

—La hemorragia ha cesado —me susurró un licenciado en Física, de modo que lo oyera Olia.

—¡Vamos! —exclamó ella cogiéndome del brazo.

Descendimos por la escalera de la terraza. La noche era clara y serena… Los acordes del piano, el rumoreo de los oscuros árboles y el canto de los grillos acariciaban el oído. Abajo chapoteaba dulcemente el mar.

Olia caminaba con dificultad. Las piernas, que apenas la sostenían, se le enredaban en el vestido, largo y pesado. Estremecida y temerosa, se apretaba contra mi brazo.

—¿Qué culpa tengo yo? —musitaba—. Le juro que soy inocente. Así lo quiso mi padre… Él debiera comprenderlo. ¿Es grave?

—No sé… Mijail Pavlovich ha hecho todo lo posible. Es buen médico y amigo de Yegórov… Estamos llegando, Olga Andreievna…

—¿No… no veré algo horrible? Tengo miedo… No puedo verlo. ¿Por qué se le ha ocurrido tal disparate?

La pobre rompió a llorar a lágrima viva.

—Yo no tengo la culpa… Él debiera darse cuenta… Procuraré explicárselo…

Íbamos llegando al cenador.

—Aquí es —dije.

Ella cerró los ojos, y sus dos manos se aferraron a mi brazo.

—No puedo…

—No se asuste… Yegórov, ¿no te has muerto aún? —grité.

—Todavía no… ¿Por qué?

A la entrada del cenador, iluminado por la luna, apareció el teniente despeinado, pálido por la embriaguez, con el chaleco desabrochado.

—¿Por qué? —repitió su pregunta.

Olia levantó la cabeza y vio a Yegórov… Me miró a mí, luego a él, después otra vez a mí… y se echó a reír, resplandeciente el rostro. Exhaló un grito de alegría y dio un paso adelante. Creí que iba a enfadarse con nosotros. Pero aquella chica no sabía enfadarse. Dando otro paso, quedó indecisa un momento y se lanzó hacia Yegórov, que se apresuró a abrocharse el chaleco y abrió los brazos. Olia fue a caer sobre su pecho. El teniente rio satisfecho, volvió la cara para no respirar junto a la muchacha los vapores del alcohol y masculló no sé qué tontería.

—No tiene usted derecho —murmuró Olia—, Yo no soy culpable. Así lo han dispuesto mi padre y mi madre…

Yo giré sobre mis talones y eché a andar rápidamente hacia el castillo iluminado.

Mientras tanto, los huéspedes se preparaban a dar la enhorabuena a los novios, mirando, impacientes, al reloj. En los recibidores se agolpaban los camareros con bandejas atestadas de botellas y copas. Chaijidzev, como sobre ascuas, se estrujaba la mano derecha con la izquierda, buscando con los ojos a Olia. También la buscaba por todos los aposentos la princesa para instruirla acerca de cómo portarse en el solemne instante, qué contestar a las palabras de la madre, etcétera. Nuestra pandilla reía.

—¿Dónde está Olia? —me preguntó la princesa.

—No sé.

—Búscala.

Salí al jardín y di dos vueltas a la casa con las manos atrás. Nuestro pintor tocó dos veces la trompeta. Esta señal quería decir: «¡No la dejes salir!». Yegórov le contestó desde el cenador imitando el graznido de la lechuza, que significaba: «Está bien. No la dejo».

Tras deambular un poco por el jardín, regresé a la casa. Los camareros habían colocado las bandejas sobre las mesas y, con cara de perplejidad, miraban a los invitados. Éstos, a su vez, miraban, confusos, el reloj, que marcaba ya las doce y cuarto. Callaban los pianos. En todas las habitaciones imperaba un silencio profundo, agobiador y sordo.

—¿Dónde está Olia? —tomó a preguntarme la princesa, con el rostro purpúreo.

—No lo sé… En el jardín no está.

María Yegórovna se estremeció inquieta.

—¿Acaso no sabe que es hora hace ya un buen rato? —inquirió, tirándome de una manga.

Yo me encogí de hombros. La princesa se apartó de mí y cuchicheó unas palabras al oído de Chaijidzev. El mozo levantó también los hombros y la dueña le dio el mismo tirón de manga que a mí.

—¡¡Im-bé-cil!! —rugió furiosa, y se puso a recorrer a toda prisa la casa entera.

Las doncellas y los estudiantes, parientes estos últimos de la princesita, bajaron estruendosamente las escaleras y corrieron al jardín en busca de la novia desaparecida. Yo también salí al jardín. Temía que Yegórov fuese incapaz de retener con él a Olia, estropeando con ello el escándalo proyectado. Me encaminé al cenador. ¡Vanos temores los míos! Olia, sentada junto al teniente, agitaba los dedos ante sus ojos y hablaba con un susurrante cuchicheo… Al terminar ella empezaba él, inculcando a la chica lo que la princesa llamaba «ideas»… Acompañaba sus palabras con besos a cada segundo; pero, no obstante, procuraba alejar la boca para que ella no advirtiese el olor a vodka. Abstraídos ambos en su felicidad, parecían haberse olvidado del mundo entero y no darse cuenta del correr del tiempo. Permanecí de pie un momento a la puerta del cenador. Satisfecho por lo que sucedía y a fin de no alterar aquella calma dichosa, volví al castillo.

María Yegórovna, fuera de sí, aspiraba alcohol de un frasco. Hecha un mar de dudas, estaba furiosa y avergonzada ante los huéspedes y ante el novio. Infringiendo su costumbre de no pegar a nadie, dio una bofetada a una doncella que le informó que la princesita no aparecía por ninguna parte. Los invitados, sin esperar el champaña y el momento de las enhorabuenas, sonrieron, murmuraron un poco y reanudaron el baile.

Sonó la una sin que Olia apareciese. La cólera de la madre no tenía fin.

—¡Esto es una jugada vuestra! —gruñía al pasar cerca de alguno de nosotros—, ¡Ya verá la que le cae encima! ¿Dónde está?

Por fin, salió un alma compasiva que declaró dónde se hallaba la muchacha. El alma en cuestión fue un estudiantino de bachillerato, minúsculo y panzón, que era sobrino de la dueña. El mozo llegó del jardín corriendo como una exhalación, se lanzó hacia la princesa, sentose en las rodillas de ésta, atrajo la cabeza de ella hacia su boca y le susurró algo al oído… María Yegórovna lividecíó y se mordió el labio, hasta hacerse sangre.

—¿En el cenador? —inquirió.

—Sí, sí.

La princesa se levantó; y, con una mueca semejante a una sonrisa oficial, anunció a los huéspedes que a Olia le dolía la cabeza, que les pedía perdón y todo cuanto se acostumbraba en tales casos. Los invitados expresaron su pesar, cenaron a la carrera y comenzaron a despedirse…

A las dos de la madrugada (Yegórov puso más empeño de la cuenta en su cometido y retuvo a la chica hasta las dos), yo estaba a la entrada de la terraza, tras un macizo de adelfas, esperando el regreso de Olia. Quería ver su cara. Me gustan las caras felices de mujer. Sentía curiosidad por comprobar cómo se reflejaban en un mismo semblante el amor a Yegórov y el miedo a su madre y qué destacaba con más fuerza: el amor o el miedo. No tuve que pasar mucho tiempo oliendo las adelfas. Olia tardó poco en aparecer. Mis ojos se clavaron en su rostro. Venía despacio, levantándose ligeramente el vestido y mostrando sus pequeños zapatos. Iluminaban sus facciones los rayos de la luna y los farolillos pendientes de los árboles, cuyas oscilaciones alteraban la luz lunar. Venía seria, pálida. Una leve sonrisa se insinuaba en sus labios. Los ojos, pensativos, miraban al suelo; con tales ojos suelen resolverse los grandes problemas. Cuando puse el pie en el primer escalón, sus pupilas se movieron, inquietas: acababa de acordarse de su madre. Olia se pasó ligeramente la mano por la desordenada cabellera, permaneció indecisa cierto tiempo en el primer escalón; y, sacudiendo la cabeza, avanzó, audaz, hacia la entrada... ¡Qué cuadro tuve ocasión de presenciar! Abrióse la puerta de par en par y el pálido semblante de la joven se iluminó intensamente. Olia tembló, retrocedió un paso y se agachó un poco, como si algo la empujase... En el umbral se hallaba la princesa, erguida la frente, roja, temblando de ira y de vergüenza... El silencio duró cosa de dos minutos.

—¿La hija de un príncipe y novia de un príncipe acepta citas con un teniente? —profirió María Yegorovna—. ¿Con Evgrashka?. ¡Infame!

Olia se encogió y, trémula toda ella, se escurrió como una culebra, pasando junto a su madre y corriendo a buscar refugio en su alcoba. Una vez allí, sentose en su cama y así permaneció la noche entera, sin apartar de la ventana sus ojos, horrorizados e inquietos...

A las tres de la madrugada, nuestra pandilla celebró su segunda reunión. Allí nos reímos a placer de Yegórov, embriagado de felicidad; y decidimos enviar al barón-abogado de Jarkov a hablar con Chaijidzev. El príncipe estaba despierto aún. Nuestro emisario debía explicarle «amistosamente» lo delicado de su situación, rogándole que, como persona instruida, tuviera a bien explicarse a sí mismo esta circunstancia y pidiéndole que, también como persona instruida, nos perdonase «amistosamente» por nuestra intromisión... Chaijidzev respondió que «lo comprendía todo muy bien», que no atribuía la menor importancia al testamento de su padre; pero que impulsado por su amor a Olia había insistido tanto en su propósito... Estrechó con calor la mano del barón y prometió marcharse al día siguiente.

Por la mañana, Olia se presentó a desayunar pálida, demacrada, llena dé temor y de vergüenza. Pero su rostro resplandeció al oímos hablar en el comedor. Toda nuestra pandilla, de pie ante la princesa, gritaba en desacompasado coro. Despojados de nuestras caretas, exponíamos a la vieja señora «ideas» muy parecidas a las que Yegórov inculcara a Olia el día anterior. Le hablamos de la personalidad de la mujer, del derecho a la libre elección, etcétera. María Yegórovna nos escuchaba en silencio, con ceño hosco, leyendo a fragmentos una carta enviada por Yegórov, pero redactada por toda la cuadrilla y llena de giros como: «a causa de nuestros pocos años», «por nuestra inexperiencia», «con la bendición de usted» y otros semejantes.

Ella nos oyó hasta el fin, terminó de leer la carta y dijo:

—Unos mocosos como vosotros no tienen nada que enseñar a una anciana como yo. Sé muy bien lo que hago. Desayunaos y marchaos a revolucionar cabezas en otro sitio. No podéis vivir con una vieja de mi estilo. Sois listos, y yo soy tonta… ¡Adiós, caballeritos! Les estaré agradecida eternamente.

Nos echó a todos. Le escribimos una carta de gratitud, le besamos la mano; y, con gran dolor de nuestro corazón, nos fuimos aquel mismo día a la finca de Yegórov. Chaijidzev salió a la vez que nosotros. En la finca nos dedicamos a divertirnos y a consolar al teniente por la ausencia de Olia, a la que todos añorábamos. Pasamos allí cosa de dos semanas. Un buen día, el barón-abogado recibió una carta de la princesa, rogándole que fuese al Espigón Verde para hacer unas escrituras. Marchose el barón, y a los tres días de su partida fuimos también nosotros con el pretexto de recogerle. Llegamos poco antes de la hora del almuerzo. Sin entrar en la casa, nos pusimos a dar vueltas por el jardín mirando a las ventanas. Y al asomarse una vez, María Yegórovna nos vio.

—¿Vosotros aquí? —exclamó.

—Sí, señora.

—¿Qué os ha traído?

—Llevamos al barón.

—El barón no tiene tiempo para perderlo con unos romeras como vosotros. Está escribiendo.

Nos descubrimos todos y nos acercamos a la ventana.

—¿Cómo se encuentra, princesa? —pregunté.

—¿Qué hacéis ahí? Pasad —respondió ella.

Entramos y, como cohibidos, nos sentamos. A la princesa, que añoraba profundamente nuestra compañía, le gustó nuestra compostura. Como premio, nos retuvo a almorzar. Mientras comíamos, llamó descuidado a uno de nosotros a quien se le cayó la cuchara; y nos reprochó a todos no saber comportamos en la mesa. Dimos un paseo con Olia, nos quedamos a pasar la noche, pasamos luego otra… y no nos fuimos ya hasta septiembre. La paz se hizo de por sí sola.

Ayer recibí carta de Yegórov. Dice que ha estado el invierno entero «trabajando» a la princesa y que ha conseguido trocar su cólera en indulgencia. María Yegórovna afirma que este verano habrá boda.

Pronto recibiré dos cartas: una, severa y oficial, de la princesa; otra, larga, alegre y llena de proyectos, de Olia. En mayo me voy al Espigón Verde.

ENTREVISTA VANA

Después de examinarse, Gvozdikov tomó un coche (él siempre iba «montado») y por seis kopeks fue hasta el extremo de la ciudad. Desde allí hasta la dacha, cosa de tres verstas, hizo el camino a pie. A la entrada de la casa le recibió la dueña, una señora joven a cuyo hijito daba Gvozdikov clases de aritmética, a cambio de lo cual recibía manutención y alojamiento, más cinco rublos mensuales.

—¿Qué tal? —le preguntó la dueña, tendiéndole la mano—. ¿Ha salido bien el examen? ¿Aprobado?

—Aprobado.

—¡Estupendo, Yegor Andreievich! ¿Qué calificación?

—Como siempre… Cinco… Sobresaliente… ¡Ejem!…

No era cinco lo que había obtenido, sino tres y medio, pero… ¿por qué no mentir habiendo posibilidad? Los estudiantes mienten con la misma fruición que los cazadores. Al entrar en su cuarto, Gvozdikov encontró sobre la mesa una cartita y un comprimido rosa. La carta olía a reseda. El mozo rasgó el sobre, se tragó el comprimido y leyó:

«Acepto. A las ocho en punto, vaya a la zanja en que se le cayó ayer el sombrero. Le esperaré en el banco que hay debajo del árbol. Le amo, pero no sea usted tan torpe. Hay que ser más despabilado. Ansio que llegue la tarde. Le amo locamente. Suya,

S.

P. S .: Maman se ha marchado. Podemos estar juntos hasta medianoche. Mi abuelita, dormida, no se dará cuenta».

Cuando leyó la esquela, Gvozdikov sonrió complacido; dio un brinco de alegría y recorrió en triunfo la habitación.

—¡Me quiere, me quiere, me quiere! ¡Qué felicidad, diablo! ¡Tru-la-la! ¡Tru-la-la!

Volvió a leer el papel, lo besó, lo dobló cuidadosamente y lo guardó en la mesa. Le trajeron el almuerzo. Gvozdikov, embriagado por la carta y olvidándose del mundo entero, se comió todo cuanto le sirvieron: la sopa, la carne, el pan. Y después de almorzar, se tendió y se puso a pensar en mil cosas: en la amistad, en el amor, en el trabajo… La imagen de Sonia no se apartaba de su imaginación.

«¡Qué lástima no tener reloj! —pensó nuestro hombre— Si lo tuviera podría contar lo que me falta hasta las ocho. El tiempo pasa con una lentitud desesperante. Ni que lo hiciera adrede».

Harto de estar tendido y de pensar, se levantó, dio un paseo por el cuarto y mandó a la cocinera por cerveza.

«Mientras llega el momento —se dijo a sí mismo— conviene alegrarse un poco. Así parecerá que el tiempo pasa antes».

Trajéronle la cerveza. Gvozdikov se sentó, colocó en fila las seis botellas; y, contemplándolas amorosamente, empezó a beber. A los tres vasos sintió como si le hubieran encendido una vela en la cabeza y otra en el pecho: ¡qué calorcito, qué luz, qué alegría!

«¡Ella será mi felicidad! —pensó al comenzar la segunda botella—. ¡Es… es, precisamente, la mujer de mis sueños! ¡Sí, lo es!».

Vaciada la segunda botella, notó como si le hubieran apagado la vela que ardía en su cabeza, de la que empezó a apoderarse la oscuridad. Pero, en cambio, ¡qué contento se puso! ¡Qué bien se vive en el mundo después de tomarse dos botellas! Al descorchar la tercera, Gvozdiko y agitó una mano, se juró a sí mismo que no había en el mundo persona más dichosa que él; y creyó su juramento a pies juntillas.

—Sé muy bien qué es lo que le gusta de mí —farfulló—. ¡Lo sé! Le gusta el hombre extraordinario. Eso es… Sabe de quién hay que enamorarse y por qué hay que enamorarse… ¡Ama al hombre extraordinario! ¡Yo no soy un cualquiera…! No soy un… Soy Gvozd… Yo…

Cuando metió mano a la cuarta botella, exclamó:

—¡Sí señor! ¡No soy un cualquiera! ¡Lo que ella ama es mi genio! ¡Mi genio! ¡Un genio universal! ¿Quién soy yo? ¿Y qué soy? ¿Creen ustedes que soy Gvozdikov? ¡Sí, lo soy! Pero ¿qué Gvozdikov? ¿Qué se figuran ustedes?

Mediada la cuarta botella, descargó un puñetazo en la mesa y, revolviéndose los cabellos, vociferó:

—¡Ya les enseñaré a todos quién soy yo! ¡Apenas termine la carrera, lo verán! ¡No necesito más, que dedicarme a ello! ¡Soy un sacerdote de la ciencia! Por eso me quiere ella. ¡Y demostraré que lleva razón! ¿No me creéis? ¡Pues fuera de aquí! ¿Tampoco ella me cree? ¿Ella? ¿Sonia? ¡Pues que se vaya también ella! ¡Yo lo demostraré! ¡Ahora mismo comienzo los estudios! Pero antes me beberé otro vaso… ¡Todos ustedes son unos canallas!

Enojándose más y más, apuró el vaso; cogió del estante las conferencias, abrió el cuaderno por la mitad y se puso a leer.

«El moti... el motivo de la dislocación del maxilar inferior puede ser también una caí..., una caída... o un golpe con la boca abierta...».

—Idioteces —comentó— El maxilar... El golpe... Todo es pura tontería.

Gvozdikov cerró el cuaderno de conferencias y la emprendió con la quinta botella. Apurado que hubo la quinta y la sexta, se acongojó pensando en la insignificancia del universo en general y del hombre en particular... Mientras así pensaba, ponía maquinalmente el corcho sobre el gollete de una botella y, dándole un papirotazo, trataba de alcanzar una mancha verde que sus ojos velan a poca distancia. Muchas motas negras, verdes y azules pasaron raudas ante él cuando logró acertar con el tapón en la mancha verde. Una de las motas, de color rojizo, con rayos verdes, voló, sonriente, hacia sus ojos y expelió una sustancia parecida a la cola... Gvozdikov notó que se le pegaban los párpados...

«Algo me... escuece en los ojos —pensó— Si no salgo al aire libre, me quedaré ciego... Hace falta pa..., pasear un poco. Aquí hace bochorno. Siguen encendiendo la estufa ¡Bo-rri-cos! ¡Chillan y enciendan la estufa! ¡Imbéciles!».

Encasquetándose el sombrero, salió de la casa. Fuera remaba ya la oscuridad. Eran más de las nueve. En el cielo relampagueaban las estrellas. No había luna, y la noche prometía ser oscura. El estudiante aspiró la fragancia primaveral del bosque. Le rodeaban todos los elementos de una cita amorosa: el susurro del follaje, el canto del ruiseñor y... hasta «ella», una blanca figura pensativa en medio de las tinieblas. Sin darse cuenta siquiera, Gvoizdikov fue a parar al sitio que se mencionaba en la esquela.

«Ella» se levantó del banco y corrió a su encuentro.

—George —le llamó con la respiración contenida—. Estoy aquí.

Detúvose el galán, puso oído y miró hacia las copas de los árboles, creyendo que era desde arriba desde donde le habían llamado.

—George, soy yo —repitió ella, acercándose más.

—¿Eh?

—Soy yo...

—¿Cómo? ¿Quién es? ¿A quién busca?

—Soy yo. George... Venga... Siéntese aquí...

George se restregó los ojos y la miró fijamente.

—¿Qué quiere?

—¡Ay, qué gracia! ¿Es que no me reconoce? ¿Será posible que no vea usted nada?

—¡Aaaah! Por favor… ¿Qué derecho tiene usted, qué de-rrrecho tiene… a andar por un jardín ajeno, de noche y en la oscuridad? ¡Caballero! ¡Responda usted, caballero! De lo contrario, le voy a sol…, le voy a soltar en la je…, en la je…

George alargó la mano y asió del hombro a la mujer.

—¡Qué gracia tiene usted! —dijo ésta—, ¡Ja, ja, ja! ¡Hace tan bien el papel!… Bueno, vamos… Charlemos un rato…

—¿Qué es eso de charlar? ¿Cómo? ¿Por qué usted? ¿Y por qué yo? ¿Me está tomando el pelo?

Ella arreció en su risa, cogió del brazo a George y trató de llevárselo. Él, en cambio, tiró hacia atrás; semejaban el caballo delantero de un carro que quiere avanzar mientras el caballo de varas recula.

—Tengo…, tengo sueño… Déjeme —masculló Gvozdikov—. No quiero ocuparme de tonterías…

—Bueno, bueno, se acabó. ¿Por qué ha tardado tanto en venir? ¿Ha estado estudiando?

—Sí, sí… Yo siempre estoy estudiando… El motivo de la dislocación del…, del maxilar inferior puede ser una caída, un golpe con la boca abierta. Donde más maxilares se dislocan es en las posadas y en las tabernas. Quiero cerveza… marca «Las Tres Montañas»…

A duras penas llegaron al banco y tomaron asiento. Gvozdikov apoyó la cabeza en las manos y los codos en las rodillas y exhaló un fuerte resoplido. El sombrero se le cayó de la cabeza y fue a parar a manos de ella, que, agachándose un poco, miró a la cara del mozo.

—¿Qué le pasa? —inquirió.

—¿Y a usted… qué le importa? Nadie tiene derecho a meterse en mis asuntos… Todos son unos idiotas, y usted también…

Después de una breve pausa, el estudiante añadió:

—Y yo también soy un idiota…

—¿Recibió usted la carta? —preguntó ella.

—La recibí… La carta de Son…, de Sonia… De Sonia… ¿Usted es Sonia? Bueno, ¿y qué? Una idiotez… Impaciencia no se escribe con ene en la primera sílaba, sino con eme. ¡Qué gramático estoy hecho! ¡Váyase al diablo de una vez!

—Pero ¿está usted borracho?

—¡Nooo! Pero soy justo. ¿Qué derrre..., qué derrrecho?... Nadie se emborracha con cerveza, ¿verdad? ¿Cómo?

—Y si no está usted borracho, ¿por qué suelta esa sarta de estupideces, sinvergüenza?

—¡Pues no! Nominativo, a mí; genitivo, ati; dativo, nominativo... Processus condyloideus et musculus sterno-cleido-mastoideus....

Gvozdikov soltó una carcajada y agachó la cabeza hacia las piernas.

—¿Está usted durmiéndose? —alarmose ella.

Mas como no obtuvo respuesta, rompió a llorar desconsolada.

—¿Duerme usted, Yegor Andreievich? —repitió su pregunta. Por toda contestación oyó un ronquido sordo, imponente. Sonia se levantó.

—¡Infame! —rugió— ¡Canalla! ¡Habrase visto tipo igual! ¡Pues toma, toma, toma!

Y Sonia, con su manecita, «acarició» cinco o seis veces la nuca de Gvozdikov. La acarició no sin dejar huella. Y sus pies pisotearon el sombrero del galán. ¡Vengativas que son las mujeres!

Al día siguiente, Gvozdikov envió a Sonia esta carta:

«Discúlpeme. Ayer no pude acudir por hallarme muy enfermo. Concédame otra cita, incluso esta misma tarde. La ama,

Yegor Gvozdikov».

La respuesta decía:

«Su sombrero está tirado en el suelo, cerca del cenador. Puede recogerlo allí. Como beber cerveza es más agradable que amar, siga bebiendo. No quiero estorbarle. Ya no es suya,

S.

P. S.: No me conteste. Le odio».

EL CORRESPONSAL

Los músicos eran ocho. Al director, Guri Maximov se le dijo que si la orquestina no tocaba sin interrupción, los músicos no catarían ni una copa de vodka y se les regatearían los honorarios.

Comenzó el baile a las ocho en punto de la noche. A la una, las señoritas se enfadaron con los jóvenes caballeros; y los caballeros, medio embriagados, se enojaron también con las señoritas. Estropeose el baile. Los invitados se dividieron en dos grupos. Los viejos ocuparon el salón donde había una mesa con cuarenta y cuatro botellas y otros tantos platos; las señoritas se congregaron en un rincón, se pusieron a murmurar, criticando la incorrección de los caballeros; y trataron de hallar respuesta a una pregunta: ¿a qué se debía que la novia empezara a tutear al novio desde el principio mismo? Los jóvenes ocuparon otra mesa, hablando todos a un tiempo y cada cual de lo suyo. Guri, primer violín —mal violín, por cierto— y director, atacó, al mando de sus siete satélites, la marcha de Cherniaiev. Tocaba sin cesar, deteniéndose tan sólo para beber vodka o para subirse los pantalones. Estaba enfadado. El segundo violín —que era el peor—, borracho como una uva, desentonaba diabólicamente, y el clarinete, a quien se le caía el instrumento a cada instante, no miraba la partitura y se reía sin el menor motivo.

Se levantó un estruendo espantoso. De la mesa pequeña tiraban botellas. Alguien le acertó con una en las espaldas al alemán Karl Kárlovich Funf. Varios hombree de caras amoratadas salieron gritando y riendo del dormitorio, seguidos de un criado, inquieto y nervioso. El diácono Manafuilov, para dárselas de gracioso ante aquel público ebrio y respetable, le pisó el rabo a un gato y lo tuvo así hasta que un criado le sacó de debajo del pie al enronquecido animal, haciéndole saber que aquello era «una mentecatez». Al alcalde le pareció que se le había perdido el reloj; terriblemente asustado, sudando a chorros aseguraba que el reloj en cuestión valía cien rublos. A la novia le entró dolor de cabeza. En el recibidor acababan de tirar, con gran estrépito, alguna cosa pesada. Los viejos, en el salón, no se portaban muy a tono con su edad: recordando sus años mozos, decían un sinfín de barbaridades: contaban chistes, referían las aventuras amorosas del anfitrión, bromeaban y reían. Y el dueño de la casa, satisfecho, por lo visto, replicaba desde el sillón donde se había repantigado:

—También vosotros sois buenos, hijos de perra. Os conozco bien; y les he hecho más de cuatro regalos a vuestras queridas.

Dieron las dos. Gurí tocó por séptima vez la Serenata española. Los viejos se animaron.

—Oye, Yegori —masculló un vejete, dirigiéndose al dueño y señalando a un rincón—. ¿Quién es aquel mozuelo?

En el rincón, junto a un estante de libros, sentado sobre las piernas a la manera turca, estaba tranquilamente un anciano de levita verde oscura, bastante usada con botones claros, y quizá aburrido de no hacer nada, hojeaba un libro. El anfitrión miró al rincón, pensó un momento y sonrió.

—Es un periodista, hermanos —respondió—, ¿No le conocéis? Una persona admirable. Iván Nikitich —dijo al viejo de los botones claros—, ¿qué haces ahí? Acércate, hombre.

Iván Nikitich se estremeció, levantó los ojos azules, y se azaró, incomprensiblemente.

—Señores, se trata de un escritor, de un periodista —prosiguió el dueño—. Nosotros, aquí bebiendo, y él, ahí lo tenéis: acurrucado en un rincón, piensa que te piensa en cosas elevadas y mirándonos con soma. Avergüénzate, hermano. Ven a beber con nosotros. Cometes un pecado no haciéndolo.

Iván Nikitich se levantó, llegose reposadamente a la mesa y se sirvió una copa de vodka.

—Que Dios les… —murmuró, mientras apuraba lentamente la copa—, que todo… marche bien…, sin novedad…

—¡Un aperitivo, hermano! Come algo…

El viejo pestañeó y se comió una sardina en conserva. Un señor gordo, con una medalla de plata al cuello, se le acercó, por detrás, y le echó en la cabeza un puñado de sal, diciendo:

—Estará más salado y no le saldrán gusanos.

Una carcajada general apremió la ocurrencia. Iván Nikitich movió la cabeza y enrojeció intensamente.

—No te enfades —le acució el gordiflón— ¿Qué se gana con ello? Es una broma… No seas chusco. Fíjate yo también me echo…

Uniendo la acción a la palabra, agarró el salero y se vertió sal en la cabeza.

—Y si quieres, también le echo a él. Para que no te enfades —continuó el gordo, espolvoreando de sal la cabeza del anfitrión, entre las carcajadas de la concurrencia. Iván Nikitich sonrió también y se comió otra sardina.

—¿Qué haces que no bebes, politicastro? —le acució el dueño—, ¡A beber! ¡Conmigo! ¡No, conmigo solo, no; con todos!

Los viejos se levantaron y rodearon la mesa. Llenáronse de coñac las copas. Iván Nikitich tosió y cogió una copa cuidadosamente.

—A mí me basta con esto —profirió, dirigiéndose al dueño—. Me basta, porque ya estoy medio borracho. Bueno, que Dios le dé, Yegor Nikífovich…, que todo…, que todo… le salga bien y a pedir de boca. ¿Por qué me miran así? ¿Tan raro me encuentran? ¡Ji, ji, ji! ¡Que Dios los ampare! Yegor Nikiforich, tenga la bondad de ordenar a Guri que Grigori deje de tocar el tambor. Me tiene atormentado el muy tuno. Con ese redoble hasta le revuelve a uno las tripas… ¡A la salud de ustedes!

—Que siga tocando —objetó el anfitrión—, ¿Tú has visto alguna vez tocar la música sin el tambor? No comprendes ni eso, y te metes a escribir. Bueno, ahora bebe conmigo.

Iván Nikitich eructó y removió las piernecillas. El dueño llenó dos vasos:

—Bebe, amigo, y no escurras el bulto. Si se te ocurre escribir que en casa de L. todos los invitados estaban borrachos, tendrás que incluirte a ti mismo. A tu salud. ¡Venga, venga, talentudo! ¡No te achiques, hombre! ¡A beber!

Iván Nikitich tosió, se sonó y chocó su vaso con el del dueño.

—Les deseo que tengan todas las desgracias del mundo… lo más lejos posible —bromeó un comerciante. El hijo mayor del amo de la casa soltó la carcajada.

—¡Viva el periodista! —gritó el gordiflón, abrazando a Iván Nikitich y levantándolo en vilo. Los otros carcamales acudieron, y el pobre Iván Nikitich se vio sobre las cabezas y los hombros de los respetables y ebrios intelectuales de T***.

—¡Tiradlo por alto! ¡Tirad al tuno! ¡Llevaos al truhán! —gritaron los vejestorios, llevándose a Iván Nikitich a la sala, donde se les unieron los caballeros jóvenes; y entre todos se pusieron a lanzar al periodista hasta el propio techo una y otra vez. Las señoritas hicieron palmas; callaron los músicos, colocando los instrumentos en el suelo; y los lacayos, traídos del club para dar bombo a la fiesta, se asombraron de la «incorrección» y rieron de un modo estúpido ahogando la risa en sus retocadas manos. A Iván Nikitich se le cayeron dos botones de la levita y se le desató el cinturón. El viejo jadeaba, carraspeaba, chillaba y sufría, pero… sonreía satisfecho: no esperaba tanto honor para «un gusano, apenas visible entre las personas», según se expresaba él.

—¡Ja, ja, ja! —soltó el novio una risotada estruendosa; y, borracho como una cuba, asió de las piernas a Iván Nikitich. Éste se balanceó, escapó de las manos de la intelectualidad de T*** y se agarró al cuello del gordinflón de la medalla de plata.

—¡Que me mato! —suplicó—. ¡Qué me estrello contra el suelo! ¡Déjenme! Un momento… así… ¡No, así no!

El novio soltó de pronto las piernas de Iván Nikitich, que quedó colgado del cuello del gordinflón. Pero el gordiflón sacudió la cabeza, y nuestro periodista cayó al suelo, exhaló un quejido y se levantó con una risilla falsa. Las carcajadas eran generales. Incluso los civilizados lacayos de club incivil arrugaron, condescendientes, la nariz, en una sonrisa contrahecha. La cara de

Iván Nikitich resplandeció de felicidad; sus húmedos ojos azules centellearon, y toda su boca se ladeó, siendo de notar que el labio superior se torció hacia la derecha y el inferior hacia la izquierda.

—Respetables señores —comenzó a hablar con débil acento de tenor, abrochándose el cinturón y abriendo los brazos—. Respetables señores: ojalá Dios se digne concederles todo cuanto de Dios esperan. Quiero dar las gracias a mi bienhechor…, a Yegor Nikíforich… No ha tenido reparo en invitar a un hombrecillo insignificante. Nos encontramos anteayer en el callejón Griazni y me dice: «Ven a la boda, Iván Nikitich. No dejes de venir. Estará la ciudad entera. Así que acude también tú, murmurador de todas las Rusias». No lo ha tenido a menos, Dios le dé salud. Usted, Yegor Nikíforich, me ha hecho feliz con su sincera amabilidad; no se ha olvidado de este periodista, de este viejo desharrapado. Gracias. Y ustedes, respetables caballeros, no se olviden de los de mi gremio. Somos seres minúsculos, es cierto; mas nuestras almas no son maliciosas. No desprecien al periodista, no le desdeñen, porque lo notará. Entre los hombres, parecemos pequeños y pobres, pero somos la sal de la tierra; Dios nos ha creado para utilidad de la patria; a todos enseñamos, enaltecemos el bien y condenamos el mal…

—¿Qué bobadas estás diciendo? —le gritó Yegor Nikíforich—. ¡Menudo embrollo nos has colocado, payaso Ivanovich! ¡Mejor será que pronuncies un discurso!

—¡Un discurso, un discurso! —pidieron, alborotando, los huéspedes.

—¿Un discurso? Bueno… ¡Ejem!… Déjenme pensar un poco…

Iván Nikitich quedó en actitud pensativa. Alguien le puso en la mano una copa de champaña. Después de una breve meditación, el periodista levantó la copa y dejó oír el flautín de su voz, dirigiéndose al dueño de la casa:

—Mis palabras, señoras y señores míos, serán breves; y su brevedad no concordará con la grandeza del acontecimiento que celebramos, verdaderamente emotivo para todos nosotros. ¡Ejem!… Un gran poeta dijo: «Bienaventurado el que fue joven en su juventud». No pongo en duda el acierto de estas palabras; es más: creo que no me equivoco si a ellas añado mentalmente y reproduzco oralmente un llamamiento a los jóvenes culpables de la presente ceremonia. Sed jóvenes no sólo ahora, cuando lo sois por imperativo físico y natural, sino también en vuestra vejez, pues bienaventurado el que fue joven en su juventud, pero cien veces más bienaventurado el que conserva su juventud hasta la tumba. Que los culpables de mi actual efluvio oral sean, en su ancianidad, viejos de cuerpo y jóvenes de alma, es decir, de espíritu. Que hasta la propia tumba se mantengan vivos sus ideales, auténtica dicha de los humanos. Que sus vidas se fundan en un todo puro, generoso y elevado. Que la amantísima esposa sea…, ¡ji, ji, ji!, por así decirlo, la octava de su marido, de ese marido tan fuerte en ideas, y que ambos compongan una melodiosa armonía. ¡Hurra, hurra, hurra!

Iván Nikitich apuró el champaña, dio un taconazo en el suelo y miró con aire de triunfo a los circunstantes.

—¡Muy bien, muy bien! —aplaudieron todos.

El novio, haciendo eses, se aproximó al orador y trató de hacerle una reverencia, pero estuvo a punto de caerse. Agarrando de la mano a Iván Nikitich, le dijo:

—Beaucoup…, beaucoup merci. Su discurso ha sido… muy bueno… y hasta con… cierta tendencia…

Iván Nikitich dio un salto, abrazó al novio y le besé en el cuello. El novio se turbó, y, para ocultar su confusión, se puso a abrazar al suegro.

—Se da usted buena maña para expresar sus sentimientos —felicitó al orador el gordiflón de la medalla—. Tiene usted una figura que… no lo esperaba… Discúlpeme…

—¿Maña? —chilló el periodista—, ¿Maña? ¡Je, je, je! Ya lo sé. Lo que me falta es fuego; pero ¿de dónde voy a sacarlo? Ahora los tiempos son otros, respetables señores. Antes decía uno o escribía cualquier cosa, y se enternecía admirado de su propio talento. ¡Ay, qué tiempos aquéllos! ¡Bebamos, fra Diavolo, por aquellos tiempos! ¡Bebamos, amigos! ¡Qué delicia de tiempos!

Los huéspedes se acercaron a la mesa y cogieron una copa cada uno. Iván Nikitich, transformado, no se llenó una copa, sino un vaso.

—Bebamos, honorables caballeros —continuó—. Ya que han sido tan amables conmigo, rindan tributo también a la época en que yo era un personaje. ¡Glorioso período! Mesdames, hermosas señoras, brinden ustedes con este áspid, con este basilisco que admira su belleza. ¡Chok! ¡Je, je, je! Amorcitos míos: ¡hubo otros tiempos, sacramento! Amé y sufrí, vencí y fui vencido muchas veces… ¡Hurraaa!

Todos corearon.

—Hubo otros tiempos —prosiguió Iván Nikitich, sudoroso y alterado—, ¡Hubo otros tiempos, señores! Ahora tampoco son malos; pero los de entonces eran mejores tiempos para nosotros, los periodistas, por la sencilla razón de que los hombres poseían más fuego y más verdad. Antes cualquier escritorzuelo era un paladín, un caballero sin miedo y sin tacha, un mártir, una criatura sufrida y verdadera, ¿y ahora? ¡Tierra de Rusia, mira a tus hijos escritores y sonrójate! ¿Dónde estáis vosotros, los literatos genuinos, los publicistas y otros combatientes y trabajadores de la… —ej…, ejem…—, de la divulgación? ¡¡En ninguna parte!! Hoy escribe todo el mundo. Al primero que se le antoja se pone a escribir. Aquellos que tienen el alma más sucia y más negra que mis botas, aquéllos cuyo corazón no se creó en las entrañas de su madre, sino en una fragua, aquellos que tienen tanta verdad como yo casas, se atreven a penetrar en el camino de los elegidos, en la senda exclusiva de los profetas, de los que aman la verdad y de los que odian el dinero. Queridos señores míos: este camino es hoy más ancho, pero no hay quien pase por él. ¿Dónde están los verdaderos talentos? Por más que uno los busque, no los encuentra. Todo se ha vuelto caduco y mísero. Si queda vivo alguno de los bravos de antaño, se ha convertido en un pobre de espíritu y en un fracasado. Antes se luchaba por la verdad; hoy no se busca sino la grandilocuencia y el kopek, que Dios confunda. Reina un espíritu extraño. ¡Maldición, amigos míos! También yo, condenado de mí, busco la palabra altisonante, sin respeto para mis propias canas. Apenas veo una rendija, meto algún gazapo en la crónica. Gracias al Señor, creador del cielo y de la tierra, no soy avaricioso ni me atrevo a escribir por hambre. Hoy, todo aquel que tiene el estómago vacío agarra la pluma y escribe lo que le viene en gana, con tal de que tenga algún viso de verdad. ¿Quiere usted sacarle el dinero a la redacción? ¿Sí? Pues escriba que tal y tal día hubo un terremoto en nuestra ciudad de T*** y que la aldeana Akulina…, y perdonen ustedes, mesdames, a este libertino…, parió seis chiquillos de una sola vez… Se han sonrojado ustedes hermosas señoras. ¡Disculpen generosamente a este ignorante! Soy doctor en maledicencia, y en otros tiempos defendí mi tesis de esta asignatura en tabernas y posadas, y vencí en mil controversias a los truhanes más distinguidos. ¡Perdónenme, amigos! ¡Jo, jo, jo, jo! De modo que ya se sabe: escribe lo que se te antoje que tendrá aplicación. Antes no era así. Si soltábamos una mentira, lo hacíamos por simpleza o estupidez; pero no esgrimíamos la falsedad como arma, porque considerábamos nuestra profesión un sacerdocio y la venerábamos como una reliquia.

—¿Por qué usa usted botones claros? —le interrumpió un pisaverde con cuatro pelos en la cabeza.

—¿Botones claros? En efecto, son claros… Pues los uso por costumbre… En la antigüedad o sea, hace veinte años, encargué a un sastre una levita. Y el sastre, por equivocación, le puso los botones blancos en lugar de ponérselos negros. Me acostumbré a los botones claros porque llevé la levita en cuestión siete años seguidos… De modo que ya ven, señores míos, cómo era la vida de entonces… Me están oyendo estas guapas señoritas. Son tan simpáticas que se ponen a oír a un viejo como yo… ¡Ji, ji, ji! Que Dios les dé salud, lindas muñecas sobrenaturales. De haber vivido ustedes hace cuarenta años, cuando yo era joven y capaz de encender el fuego del amor en los corazones, sería su esclavo, hermosas doncellas, y de tanto estar arrodillado me haría agujeros en las rodillas… ¡Se ríen, los capullitos! ¡Oh, mis…! Gracias por haber honrado a este viejo con su atención.

—¿Está usted escribiendo algo ahora? —preguntó una señorita de nariz respingona, animada por la desenvoltura de Iván Nikitich.

—¿Que si estoy escribiendo algo? ¿Cómo no? Reina de mi alma; no voy a enterrar mi talento hasta la propia tumba… ¡Claro que escribo! ¿No ha leído usted nada mío? ¿De quién era la crónica que se publicó en Golos el año setenta y seis? ¿De quién? ¿No la leyó usted? ¡Pues menuda crónica! El setenta y siete volví a escribir para Golos; pero la redacción del respetable periódico encontró violento publicar mi artículo… ¡Je, je, je! Violento… Pero así fue. Y es que el articulejo tenía su poco de pimienta, tiraba a dar. «Hay entre nosotros —decía— patriotas insignes; mas lo difícil está en saber si su patriotismo se asienta en el corazón o en el bolsillo». ¡Je, je, je! Había intención… Y seguía: «Ayer se celebró un funeral religioso por el alma de los caídos en Plevna. Asistieron todas las autoridades y ciudadanos excepto el señor jefe de Policía de T***, que brilló por su ausencia, debido a que consideró más interesante terminar su partida de naipes que compartir el sentimiento de los ciudadanos de Rusia». ¡Una buena estocada! ¡Ja, ja, ja! No lo publicaron. ¡Y anda que no bregué yo por conseguirlo, amigos! El pasado año setenta y nueve mandé una información al diario Russki Kurier, de Moscú. Hablaba, amigos míos, de las escuelas de nuestro distrito. El periódico la publicó, y desde entonces recibo gratis el Russki Kurier. ¡Para que vean! ¿Los admira? A los genios deben admirar, y no a las nulidades. Yo soy una nulidad. ¡Je, je! Escribo muy de tarde en tarde, respetables señores muy de tarde en tarde. Nuestra humilde ciudad de T*** es pobre en acontecimientos dignos de que se relaten, y no quiero ponerme a publicar menudencias por amor propio y por miedo a los remordimientos de mi conciencia. Los periódicos son leídos en toda Rusia, y ¿para qué necesita Rusia a T***? ¿Para qué vamos a fastidiarla con las trivialidades de aquí? ¿Qué necesidad tiene de saber que en nuestra posada encontraron a un hombre muerto? Pero antes, ¡cómo escribía yo antes, en otros tiempos! Colaboraba en la Severnaia Pchelá, en Syn Otechestva, en Moskovskie… Fui contemporáneo de Belinski, y una vez dediqué un paréntesis punzante a Bulgarin… ¡Je, je, je! ¿No lo creen? Pues lo juro. Compuse unos versos sobre la bravura militar. Lo que tuve que aguantar en aquellos tiempos, sólo Jehová lo sabe. Al acordarme de mi situación de entonces, no puedo por menos de enternecerme. ¡Qué intrépido y qué bizarro era! Sufrí y fui perseguido por mis ideas. Padecí martirios por defender el trabajo noble y generoso. El año cuarenta y seis, por una crónica publicada en Moskovskie Viedomosti, me dieron tal paliza unos cuantos vecinos de T***, que me pasé tres meses en el hospital, casi a pan y agua. Es de suponer que mi enemigo pagase bien a los desalmados que me apalearon. Lo hicieron de modo que hasta hoy puedo mostrar las huellas. Otra vez, en el año cincuenta y tres, me llama el alcalde, Sisoi Petrovich… Ustedes no se acuerdan de él, y más vale así. El recuerdo de aquel hombre es el más amargo de todos los recuerdos. Me llama y me dice: «¿Qué calumnias son esas que has publicado en la Pchela?». ¿Y cuáles eran las calumnias? Yo denunciaba que se había formado una banda de malhechores cuya guarida estaba en la fonda de Guskov. Hoy no existe ya la tal fonda. La quitaron en el año sesenta y cinco; y en ella puso su tienda de ultramarinos el señor Lubtsovatski. Al final de la crónica se me ocurrió tirar una puntada: «No estaría de más, por consiguiente, que la Policía prestase atención a la fonda del señor Guskov». Sisoi Petrovich me dio mil gritos, pataleando furiosamente en el suelo: «¿Acaso no sé yo lo que conviene hacer? ¿Vas a permitirte darme indicaciones, mamarracho? ¿Quieres meterte a mentor mío?». Después de mucho vociferar ordenó encerrarme en el calabozo. Yo estaba tiritando. Me pasé recluido tres días con sus noches. Me acordé de Jonás y de la ballena. Aguanté las mayores humillaciones… No lo olvidaré hasta que se me nuble la memoria. Ni una chinche, ni un piojo…, y perdonen ustedes…, ni un insecto apenas visible habrá sufrido jamás las ofensas que me infirió a mí Sisoi Petrovich, a quien Dios tenga en su gloria. ¿Pues y lo que me sucedió con el reverendo padre Pankrati, a quien yo llamaba mentalmente padre de vía estrecha? No sé dónde, leyó ciertas alusiones a un reverendo; y se le metió en la cabeza que el aludido era él y que el autor del escrito era yo, aunque en verdad ni se aludía a él ni yo había escrito aquello. Pues bien: voy una vez andando junto a una valla, cuando alguien me empuja por la espalda y me suelta un garrotazo en la cabeza, seguido de otro y de un tercero… ¡Qué espanto! ¿Por qué me lloverían aquellos palos? Me vuelvo y veo al padre Pankratov, a mi confesor… ¡Públicamente! ¿Por qué? ¿Cuál era mi delito? Pues todo lo soporté con resignación… Hube de padecer mucho, queridos amigos…

El comerciante Grízhev, que se hallaba al lado, sonrió y dio una palmada en un hombro a Iván Nikitich.

—Escribe —le dijo— Escribe. ¿Por qué no vas a escribir, si puedes hacerlo? ¿Y en qué periódico escribirás?

—En Golos, Iván Petrovich.

—¿Me lo darás a leer?

—¡Je, je, je! Sin falta.

—Veremos qué milagros eres capaz de hacer. Dime: ¿de qué piensas escribir?

—Pues si Iván Stepanovich hace alguna donación para el instituto, escribiré una crónica sobre eso.

Iván Stepanovich, un mercader rasurado, sin la larga levita típica, sonrió y enrojeció:

—Bueno, escribe. Haré la donación. ¿Por qué no? Daré mil rublos…

—¿Mil?

—Sí, hombre. Puedo darlos.

—¡Qué va!

—¿Que no? Claro que puedo.

—¿No es broma, Iván Stepanovich?

—Es en serio… Pero… Mmm… ¿Y si entrego el dinero y después no escribes nada?

—¿Cómo podría hacer eso? ¿Palabra de honor, Iván Stepanovich?

—¡Pues sí…! ¡Ejem!… ¿Y cuándo lo escribirás?

—Muy pronto, señor, muy pronto… ¿No lo dice usted en broma, Iván Stepanovich?

—¿Qué necesidad tengo de bromear, si no vas a pagarme nada por las bromas? ¡Ejem!… ¿Y si luego no escribes?

—Escribiré, Iván Stepanovich. Que Dios me castigue si no cumplo mi palabra.

Iván Stepanovich amigó la frente, ancha y brillante, y quedó pensativo. El corresponsal movió las piernecillas, exhaló un eructo y clavó los resplandecientes ojillos en el comerciante. Éste insistió:

—Verás, Nikita… Nikitich… ¿O es Iván como te llamas? Verás: estoy dispuesto a dar…, a dar dos mil rublos de plata y después… quizá algo por el estilo… Pero a condición, hermano, de que escribas de verdad… un artículo…

—¡Por Dios le juro que sí! —cacareó Iván Nikitich.

—Lo escribes, y antes de mandarlo al periódico me lo enseñas. Entonces daré los dos mil rublos si está bien escrito…

—Muy bien. ¡Ek!… ¡Ek-ejem!… Acepto y comprendo, señor generoso y magnánimo. Iván Stepanovich: sea usted lo bastante amable y condescendiente para no dejar incumplida su promesa, permitiendo que se convierta en papel mojado. ¡Iván Stepanovich, bienhechor del prójimo! Respetables caballeros: aunque borracho, mi entendimiento se hace cargo de todo. ¡Tenemos ante nosotros al más humano de los filántropos! ¡Lo juro! ¡Sigan su ejemplo! ¡Cooperen a la instrucción del pueblo, demuestren su generosidad! ¡Oh Dios mío!

—Bueno, bueno… Ya me verás…

Iván Nikitich se agarró al faldón de Iván Stepanovich:

—¡Oh señor magnánimo! —soltó la trompetilla de su voz—. Una su mano a las manos de los grandes… Vierta aceite, en el fuego que ilumina al universo… Permítame que brinde por su salud, ¡Voy a brindar, caballero, voy a brindar! ¡Viva!…

Tras sufrir un golpe de tos, apuró la copa de vodka. Iván Stepanovich miró a los que lo rodeaban, hizo un guiño, indicando a Iván Nikitich y se fue al salón. El periodista permaneció meditativo unos segundos; se pasó la mano por la calva y, con grave continente, se dirigió a la sala, pasando entre las parejas que bailaban.

—Que usted siga bien —dijo al anfitrión con una reverencia—. Gracias por su amabilidad, Yegor Nikiforovich. Nunca lo olvidaré.

—Adiós, hermano. Llégate por aquí de cuando en cuando. O pasa por la tienda, si tienes tiempo: tomarás té con algunos buenos mozos. Si quieres venir, estás invitado al santo de mi mujer. Ven y pronuncia un discurso. Bueno, adiós, amigo.

Iván Nikitich, emocionado, estrechó la mano que se le tendía, hizo una profunda reverencia y se fue presuroso hacia el vestíbulo, donde, entre tanto abrigo de piel y de paño, se perdía el suyo, pequeño y raído.

—¡Una propina, caballero! —le rogó, servicial y amable, el lacayo encargado del guardarropa.

—¡Para mí la quisiera, amigo mío…!

—¿Aquí tiene su abrigo. ¿Es el suyo, semicaballero? ¡Está como para sembrar trigo en él! No es un abrigo para acudir a fiestas, sino para meterse en una zahúrda.

Confuso y aturdido, Iván Nikitich se puso el abrigo, se subió los pantalones salió de la casa del ricachón L*** y se dirigió, chapoteando en el fango, a su domicilio.

Vivía en la calle principal, en una buhardilla, por la que pagaba sesenta rublos anuales a los herederos de una tendera. Estaba su tugurio en un rincón de un enorme patio cubierto de cardos borriqueros, y se asomaba entre los árboles con la misma timidez con que únicamente pudiera asomarse Iván Nikitich. Después de echar el cerrojo al portalón del patio, y sorteando hábilmente los cardos, nuestro hombre se encaminó a su morada, gris y triste. Un perro le gruñó y le ladró, no se sabe desde dónde.

—¡Stameska, soy yo, Stameska! —murmuró Tván Nikítioh.

La puerta de la casilla estaba abierta. Limpiándose las botas con un cepillo que allí había, Iván Nikitich penetró en su guarida. Una vez dentro, carraspeó se quitó el abrigo, musitó una oración ante el icono y atravesó sus apartamentos. En la segunda y última habitación volvió a orar ante el icono y, andando de puntillas, se dirigió a una cama. En ella dormía una joven agraciada, de unos veinticinco años.

—¡Manechka! ¡Manechka! —se puso a despertarla Iván Nikitich.

—Beeee…

—Despierta, hijita…

—Yo…, yo…, a mí…

—¡Manechka, Manechka, despierta!

—¿Qué pasa? ¿Eh?…

—Despiértate, ángel mío. Levántate, bien de mi vida, alegría de tu padre. Manechka, hija mía…

Maneohka dio la vuelta y abrió los ojos:

—¿Qué pasa?

—Haz el favor de darme dos pliegos de papel, hijita.

—¡Acuéstese a dormir!

—¡Hija mía no me los niegues!

—¿Para qué los quiere?

—Para enviar una crónica a Golos.

—Déjeme en paz y acuéstese a dormir. Allí tiene la comida que le he guardado.

—¡Amiga mía única!

—¿Está borracho? Estupendo… Déjeme dormir.

—Dame papel. ¿Qué te cuesta levantarte y hacer caso a tu padre? Amiga mía, ¿quieres que te lo pida de rodillas?

—¡Oh, qué diablo! ¡Vayase de aquí!

—Ahora mismo.

Iván Nikitich dio dos pasos atrás y ocultó la cabeza tras un biombo. Manechka saltó de la cama cuidadosamente envuelta en la manta.

—¡Siempre vagando! —gruñó—, ¡Vaya un castigo! Madre de Dios, ¿cuándo se acabara todo esto? No me deja tranquila ni de día ni de noche. ¡No tiene usted conciencia!

—¡Hija, no insultes a tu padre!

—Nadie le está insultando. Tome.

Manechka sacó de su cartera dos pliegos de papel y los tiró sobre la mesa.

—Merci, Manechka. Perdona por la molestia.

—Bueno, bueno…

La joven cayó en la cama, tapose con la manta, se encogió y se durmió inmediatamente.

Iván Nikitich encendió una vela y se sentó a la mesa. Después de meditar un instante, mojó la pluma, se persignó y comenzó a escribir.

A las ocho de la mañana del día siguiente, Iván Nikitich estaba ya a la puerta de la casa de Iván Stepanovich, tirando de la campanilla con mano temblorosa. Tiró cosa de diez minutos, y en este espacio de tiempo le faltó poco para morirse de miedo por su atrevimiento.

—¿Qué quieres? ¿Por qué llamas así? —le preguntó un lacayo, abriendo la puerta y restregándose con el faldón de la vieja levita, de color marrón, los ojos soñolientos e hinchados.

—¿Está en casa Iván Stepanovich?

—¿El señor? ¿Pues dónde va a estar? ¿Qué quieres?

—Quiero… verle.

—¿De Correos? Pues está durmiendo.

—No, no vengo de Correos, sino por mí mismo… Propiamente hablando…

—¿Eres funcionario?

—No, pero… ¿podría esperar?

—Claro que sí. Ahí, en el recibidor…

Iván Nikitich penetró, cohibido, en el recibidor, y tomó asiento en un diván sobre el que se veían todos los arreos del lacayo.

—¡Aukrrrmm! ¡Kgmbrrr! ¿Quién anda por ahí? —llegó un rugido desde el dormitorio de Iván Stepanovich—. ¡Seriozhka, ven aquí!

El lacayo pegó un salto y corrió como un desesperado hacia el dormitorio del amo, mientras Iván Nikitich, aterrado, se abrochaba y desabrochaba, nervioso, los botones del abrigo.

—¿Cómo? ¿Quién? —oyó vociferar en el dormitorio—. ¿A quién? ¿Es que no tienes lengua, so bestia? ¿Cómo? ¿Del banco? ¡Pero habla de una vez! ¿Un viejo, dices?

A Iván Nikitich le martilleó el corazón. Sus ojos se nublaron y se le enfriaron los pies. ¡Se aproximaba el momento crucial!

—Llámalo —resonó en el dormitorio.

Apareció Seriozhka sudoroso, con una mano en la cara, y condujo al visitante al dormitorio del señor. Iván Stepanovich acaba de despertarse. Acostado en la ancha cama, sacaba la cabeza desde debajo de la manta. Junto a él, cubierto con la misma manta, roncaba el gordiflón de la noche anterior. Éste, al acostarse, no había considerado necesario desnudarse. Las puntas de sus botas asomaban entre las sábanas, y la medalla de plata, desprendida del cuello, yacía sobre la almohada. En el aposento, lleno de humo de tabaco, hacía calor y bochorno. Trozos de un quinqué roto, un reguero de petróleo y jirones de una falda de mujer cubrían el suelo.

—¿Qué te trae por aquí? —inquirió Iván Stepanovich, mirando fijamente a Iván Nikitich y arrugando el ceño.

—Perdone la molestia —redondeó el periodista las palabras, extrayendo el papel del bolsillo— Respetabilísimo Iván Stepanovich, permita...

—Oye, oye, no me vengas con cuentos, que en esta casa no se leen. Dime qué es lo que quieres.

—Pues he venido con el fin de..., ¡ejem!..., con el fin de presentarle, de la manera más respetuosa...

—Pero, bueno, ¿quién eres tú?

—¿Yooo? Pues..., verá..., ¡ejem!... ¿Se ha olvidado de mí? Soy el corresponsal...

—¿Cómo? ¡Ah, ya caigo! ¿Y a qué has venido?

—Deseaba presentarle la crónica que le prometí, para que la lea...

—¿Ya la has escrito?

—Sí, señor.

—¿Tan pronto?

—¿Pronto? Si he estado escribiendo hasta ahora mismo...

—¡Ejem!... Pues no... No me parece bien... Tenías que tardar más tiempo. ¿Para qué las prisas? Anda, hermano, vete y escribe más.

—Iván Stepanovich: ni el lugar ni el tiempo pueden coaccionar el talento. Aunque me dé usted un año entero, no escribiré nada mejor. ¡Por Dios que no!

—A ver, a ver, trae para acá.

Iván Nikitich desdobló el pliego y, con las dos manos, lo acercó a la cara de Iván Stepanovich.

Cogió el comerciante el papel, entornó los ojos y se puso a leer: «En nuestra ciudad de T*** se construyen anualmente varios edificios, a cuyo fin se contratan arquitectos en la capital, se encargan al extranjero materiales de construcción y se invierten enormes capitales. Todo ello —hay que reconocerlo— con fines mercantiles…

Y es una lástima. T*** tiene más de veinte mil habitantes, existe desde hace varios siglos y erige nuevos y nuevos edificios. Pero no hay ni una mala cabaña donde pueda albergarse esa fuerza que corta las hondas raíces de la ignorancia. La ignorancia…». ¿Qué dice aquí?

~¿A ver? ¡Ah!, dice horribile dictu.

—¿Y qué significa eso?

—Dios sabrá lo que significa, Iván Stepanovich. Yo sólo sé que cuando se escribe algo malo o espantoso, se pone al lado, entre paréntesis, esa expresión.

—«La ignorancia…». ¡Ejem!… «va depositándose en gruesas capas y goza de pleno derecho de ciudadanía en todos los sectores de nuestra sociedad. Pero ¡por fin!, nos ha llegado el aire que respira toda nuestra Rusia instruida. Hace un mes nos concedió el ministro autorización para abrir en nuestra ciudad un Instituto de segunda enseñanza. La noticia fue acogida aquí con júbilo sincero.

Y ha habido personas que no se han limitado a expresar su satisfacción, sino que han querido demostrar prácticamente su amor a la cultura. Nuestros comerciantes, que nunca rehúsan colaborar en cualquier empresa noble, tampoco ahora han negado su óbolo…». ¡Diablo de hombre! ¡Aunque lo ha escrito a la carrera, qué bien le ha salido! Vaya, vaya, te felicito… «Me creo en el deber de citar los nombres de los que más han contribuido. Helos aquí: Gurí Petróvich Grízhev, 2000 rublos; Piotr Semionovich Alebastrov, 1500; Aviv Inokentievich Petroshílov, 1000; Iván Stepanovich Trambonov, 2000. El último ha prometido…». Oye, tú, ¿quién es el último?

—¿El último? Pues usted…

—¿De manera que a mí me tienes por el último?

—El último… Quiero decir… ¡ej…, ejem!…, en el sentido de…

—¿Así que yo soy el último?

Iván Stepanovich se levantó rojo de cólera:

—¿Quién es el último? ¿Yo?

—Usted, señor; pero sólo en el sentido de…

—¡En el sentido de que eres un idiota! ¿Me entiendes? ¡Un idiota! Toma tu crónica.

—Excelen… Señor… Padrecito Iván… Iván…

—¡De modo que yo soy el último! ¡Sanguijuela, ganso!

De la boca de Iván Stepanovich salió un raudal de expresiones gruesas, a cual menos adecuada para la publicación. Iván Nikitich, loco de terror, cayó sobre una silla temblando convulsivamente.

—¡Cerdo inmundo! ¿Yo el último? ¡Iván Stepanovich Trambonov nunca ha sido ni será el último! ¡El último eres tú! ¡Fuera de aquí, y que no vuelva a verte ni en pintura!

El comerciante estrujó enfurecido la crónica y, hecha una bola, se la arrojó a la cara al corresponsal de los periódicos de Moscú y de San Petersburgo. Iván Nikitich, colorado hasta las orejas, se levantó de la silla y, braceando para darse prisa, huyó del dormitorio. Al llegar al recibidor encontró a Seriozhka que, con una sonrisa estúpida en la estúpida cara, le abrió la puerta. Ya en la calle, Iván Nikitich, pálido como la cera, echó a andar por el barro en dirección de su casa. Dos horas después Iván Stepanovich, al salir de su casa, vio en la ventana del recibidor la gorra olvidada por Iván Nikitich.

—¿De quién es esto? —preguntó a Seriozhka.

—De aquel pobre diablo que usted echó antes a la calle.

—Pues tíralo. No va a quedarse aquí emporcándolo todo.

Seriozhka cogió la gorra y, saliendo a la calle, la arrojó al lugar más fangoso.

ESCULAPIOS RURALES

Un hospital rural por la mañana.

A falta del médico, que se ha ido de caza con el jefe de los alguaciles, la consulta corre a cargo de dos practicantes: Kuzmá Yegórov y Gleb Glebich. Hay unos treinta enfermos. Kuzmá Yegórov, mientras inscriben a todos los que desean ser recibidos, está sentado en el gabinete tomando café con achicoria. Gleb Glebich, que no se ha lavado ni peinado desde que nació, apoya el pecho y la barriga en la mesa, mientras inscribe a los pacientes para la consulta. Tiene un humor de perros. El minucioso registro se lleva a cabo por razones de estadística. Se apunta el nombre, el patronímico, la procedencia social, el domicilio, la edad y el grado de instrucción; y después de la consulta se anota, asimismo, la enfermedad y la medicina recetada.

—¡Malditas plumas! —gruñe Gleb Glebich, mientras dibuja en un libro grande y en pequeñas hojitas monstruosos garabatos—. ¿Qué tinta es ésta? Más bien parece brea. ¡Qué gracia tiene el Ayuntamiento! Ordena que se lleve un registro de los enfermos y asigna dos kopeks anuales para tinta. ¡Venga, acércate!

Se acercan un muzhik, con la cara vendada, y «el bajo» Mijaílo.

—¿Cómo te llamas?

—Iván Mikulov.

—¿Eh? ¿Cómo? ¡Habla en ruso!

—Iván Mikulov.

—¡Iván Mikulov!… No es a ti a quien pregunto. Retírate. A ver, tú, ¿cómo te llamas?

Mijaílo sonríe:

—¿Es que no me conoces?

—¿De qué te ríes? Si serán malditos… Con la prisa que tiene uno y con lo que vale el tiempo, se ponen a gastar bromas. ¿Cómo te llamas?

—Pero ¿no me conoces? ¿Te has vuelto loco?

—Te conozco, pero debo preguntar lo que pregunto, porque así está ordenado. Y para volverme loco no tengo motivo. Ni soy tan borracho como su merced, ni solemos beber para emborracharnos. ¿Nombre y apellido?

—¿Para qué voy a decírtelo si lo sabes? Cinco años lo has sabido. No lo vas a olvidar al sexto.

—No lo he olvidado; pero hay que guardar las formas. ¿Me entiendes? ¿O es que no comprendes el ruso? ¡Las formas!

—Bueno, pues si tanta importancia tienen las formas, escribe y vete al diablo: Majado Fedotich Izmuchenko.

—No Izmuchenko, sino Izmuchenkov.

—Bueno, pues Izmuchenkov… Pon lo que quieras. Con tal de que me cures…, como si se te antoja ponerme Payaso Ivanich. Me da lo mismo.

—¿Clase social?

—Bajo.

—¿Edad?

—Vete tú a saber No estuve en el bautizo. No lo sé.

—¿Llegarás a los cuarenta?

—Puede que llegue y puede que no. Pon lo que se te ocurra.

Gleb Glebich examina un momento a Mijaílo, hace un cálculo y escribe treinta y siete años, pero luego, como si lo hubiera pensado mejor, lo borra y pone cuarenta y uno.

—¿Sabes leer?

—¿Puede haber un cantante que no sepa? ¡Qué cabeza!

—Mientras estemos en público tienes que tratarme de usted y no gritar de esa manera. ¡El siguiente! ¿Cómo te llamas?

—Mikífor Pugolova, de Jlapova.

—Aquí no atendemos a los de Jlapova. A ver, el siguiente.

—Hágame ese favor, por el amor de Dios. Tenga usía en cuenta que he venido andando veinte verstas…

—Aquí no se asiste a los de Jlapova. Venga otro. Apártate. ¡Está prohibido fumar!

—Si no estoy fumando, Gleb Glebich…

—¿Y qué es lo que tienes en la mano?

—El dedo vendado, Gleb Glebich.

—¿No es un cigarro? ¡No hay consulta para los de Jlapova! Venga el siguiente.

Gleb Glebich termina la inscripción. Kuzmá Yegórov apura su «café», y comienza la consulta. El primero se hace cargo de la sección farmacéutica y se marcha al botiquín: el segundo, de la terapéutica, y se pone una especie de delantal de hule.

—María Zaplaxina —llama Kuzmá Yegórov a la primera de la lista.

—Aquí estoy, padrecito.

Entra una viejecita, rugosa y apergaminada, tan pequeña que diríase aplastada hacia el suelo por algún espíritu maligno. Después de persignarse, hace una profunda reverencia al aprendiz de Esculapio.

—¡Hummm!… Cierra la puerta. ¿Qué te duele?

—La cabeza, padrecito.

—Vaya, vaya… ¿Toda o parte de ella?

—Toda, padrecito. Tal como es…

—No te la envuelvas de ese modo… Quítate ese trapo. La cabeza debe estar al fresco, los pies al calor y el cuerpo a una temperatura media… ¿Tienes trastornos de vientre?

—Sí, padrecito…

—Bueno… A ver, tírate del párpado hacia abajo. Está bien, basta. Tienes anemia… Te daré unas gotas. Te tomas diez por la mañana, otras diez con el almuerzo y otras diez por la noche.

Kuzmá Yegórov se sienta y escribe la receta:

«Rp. Liquor ferri. Tres gramos del que está en la ventana. El del armario no permite que Iván Yakovlich se destape sin estar él. Diez gotas, tres veces al día, a María Zaplaxina».

La vejuca pregunta en qué debe tomar las gotas, se inclina y sale. Kuzmá Yegórov pasa la receta al botiquín por un ventanuco abierto en el tabique y llama al enfermo de tumo:

—¡Timofei Stukotei!

—Presente.

Penetra en el gabinete un individuo flaco y larguirucho, de cabeza tan gorda, que desde lejos parece un bastón con una porra en lo alto.

—¿Te duele algo?

—El corazón, Kuzmá Yegórov.

—¿En qué parte?

Stukotei señala la parte baja del pecho.

—¿Y hace mucho tiempo?

—Desde el día de la Patrona. He venido andando y he tenido que sentarme lo menos diez veces… Me entran unos escalofríos… Y me da fiebre, Kuzmá Yegórov.

—¡Ejem!… ¿Te duele algo más?

—A decir verdad, Kuzmá Yegórov, me duele todo el cuerpo; pero usted cúreme solamente el corazón y no se preocupe de lo demás. Ya me lo curarán las mujeres… Recéteme algún alcohol u otra bebida para que el corazón ande bien. A veces me da unos vuelcos que parece que se para, y luego siento unas agarradas en esta parte que… Hasta la rabadilla me coge… La cabeza se me pone como una piedra… Y toso una barbaridad…

—¿Tienes apetito?

—¿Apetito? Ninguno.

El practicante se acerca al paciente, le hace doblar el cuerpo y le aprieta con el puño en el pecho.

—¿Te duele así?

—¡Huuuh, ay… qué dolor!

—¿Y así?

—¡Oooh! ¡Como para morirse!

Kuzmá Yegórov le hace varias preguntas, queda pensativo un momento y llama en su ayuda a Gleb Glebich. Comienza el consejo médico.

—A ver la lengua —dice Gleb Glebich al enfermo.

Este abre la boca y saca la lengua.

—Ábrela más.

—No puedo, Gleb Glebich.

—Todo es posible en este mundo.

El matasanos contempla al paciente cierto tiempo, como torturado por su meditación; se encoge de hombros y, sin pronunciar palabra, sale del gabinete.

—¡Debe ser un catarro! —grita desde el botiquín.

—¡Dele usted olium ricini y amoníaco! —le grita, a su vez, Kuzmá Yegórov—. Que se dé friegas en el vientre por la mañana y por la noche. ¡El siguiente!

El enfermo sale del gabinete de consulta y se dirige a la ventanilla del botiquín que da al pasillo. Gleb Glebich le entrega como la tercera parte de un vaso con aceite de ricino. Stukotei se lo bebe pausadamente, se relame los labios; cierra los ojos y frota un dedo sobre otro, como hacen los bebedores pidiendo un aperitivo.

—Y aquí tienes las friegas —le explica Gleb Glebich dándole un frasco de amoníaco—. Te frotas el vientre con un trapo por la mañana y por la noche. Tienes que devolverme el frasco. Puedes marcharte.

Se acerca a la ventanilla la cocinera del padre Grigori, Pelagia. Llega risueña, cubriéndose la cara con la toquilla.

—¿Qué desea? —le pregunta Gleb Glebich.

Decirle que Lisaveta Grigorievna le envía un saludo y le ruega que le mande unas pastillas de menta.

—Con mil amores... Siempre estoy dispuesto a servir a los buenos ejemplares del bello sexo.

El practicante saca del armario un bote de pastillas de menta y echa la mitad en la toquilla de Pelagia.

—Dígale que Gleb Glebich no cabía en sí de gozo mientras le daba las pastillas. ¿Ha recibido mi esquela?

—La ha recibido y la ha roto. Lizaveta Grigorievna no es amiga de amoríos.

—¡Qué fierecilla! Dígale de mi parte que es una fierecilla.

—¡Mijaílo Izmuchenkov! —llama Kuzmá Yegórov.

Entra en el gabinete el «bajo» Mijaílo.

—Mijaílo Fedotich, nuestro más profundo respeto. ¿Qué le pasa?

—Me duele la garganta, Kuzmá Yegórich. He venido, propiamente hablando, para que usted tenga a bien, respecto a mi salud... El mal no es tan doloroso como perjudicial. Por la maldita enfermedad no puedo cantar, y el director del coro me descuenta cuarenta kopeks por cada misa. Por no haber cantado en la víspera de ayer tarde me quitó veinticinco kopeks. Hoy ha habido un funeral; cada cantante ha ganado tres rublos; y yo, por estar enfermo, me he quedado sin nada. Con su permiso, le participo que tengo dolor y carraspera. Parece como si en la garganta tuviera un gato y que con las uñas..., ras, ras...

—¿No será a causa de las bebidas fuertes?

—No se lo puedo decir de seguro; pero, con su permiso, debo comunicarle que las bebidas alcohólicas influyen en los tenores, pero en los bajos, ni pizca. La voz del bajo se hace más sorda y más imponente con la bebida. Lo que fastidia a los bajos son los resfriados.

Por el ventanuco asoma la cabeza de Gleb Glebich.

—¿Qué le doy a la vieja? El frasco que había en la ventana se ha terminado. Voy a destapar el del armario.

—¡No, no! ¡Iván Yakovlich lo ha prohibido! Puede enfadarse...

—Y, entonces, ¿qué le doy?

—Dale cualquier cosa.

«Cualquier cosa», en boca de Glebo Glebich, quiere decir bicarbonato.

—No le convienen las bebidas fuertes.

—Pero si hace ya tres días que no las pruebo… Debe de ser cosa de un resfriado… Efectivamente, la vodka enronquece la voz; pero, con la ronquera, como usted bien sabe, Kuzmá Yegórov, la octava sale mejor. Los de mi gremio no podemos arreglárnoslas sin beber vodka. ¿Qué clase de cantante es el que no la toma? Más que un cantante es… un hazmerreír. A no ser por mi profesión, no probaría esa maldita bebida. La vodka es la sangre de Satanás.

—Bueno, le voy a recetar unos polvos. Disuélvalos en una botella y haga gárgaras por la mañana y por la noche.

—¿Pasa algo si me los trago?

—No.

—Pues estupendo. No me gusta que no pueda uno tragárselos. Después de gargarizar y gargarizar, da lástima tirarlos. Y ahora verá usted lo que deseaba preguntarle. Como no ando muy bien del vientre, por lo cual me hago una sangría todos los meses y tomo unas hierbas, ¿me conviene contraer matrimonio?

Kuzmá Yegórov reflexiona un buen rato y responde:

—No; no se lo aconsejo.

—Se lo agradezco en el alma. Es usted un médico de los que no hay, Kuzmá Yegórov. Mejor que todos los doctores. ¡Lo juro por Dios! ¡Cuántas almas ruegan por usted al cielo! ¡Ooooh! ¡Es magnífico!

Kuzmá Yegórov baja los ojos con modestia y escribe resueltamente la receta: bicarbonato.

SE ESTROPEÓ EL ASUNTO
(CASO DIGNO DE UN SAINETE)

¡Qué gana tengo de llorar! Creo que si rompiera en sollozos me aliviaría algo.

Era una noche admirable. Me puse de punta en blanco, me peiné, me perfumé un poco y salí hecho un don Juan, camino de la casa de ella. Vive en una dacha de Sokólniki. Es joven, hermosa, recibirá una dote de treinta mil rublos, tiene cierta instrucción y me amaba con ceguera de topo.

Al llegar a Sokólniki, la encontré sentada en nuestro banco favorito, al pie de altos y esbeltos abetos. Resplandeció al venue y, levantándose con rapidez vino a mi encuentro.

—¡Qué cruel es usted! —me reprochó—, ¡Mire que tardar tanto, sabiendo cómo anhelo verle! ¡Ay, qué hombre!

Besé su primorosa mano y, trémulo me fui con ella al banco. Palpitante y angustiado, sentía inflamarse mi corazón y temía que me estallase dentro del pecho. Mi pulso tenía latido de fiebre.

¡Y era natural! ¡Como que yo había ido a decidir para siempre mi destino! ¡A jugarme el todo por el todo! De aquella tarde dependía mi suerte.

Hacía un tiempo espléndido; mas ¿qué me importaba a mí el tiempo? Ni siquiera hacía caso de un ruiseñor, que cantaba sobre nuestras cabezas, pese a que, como es sabido, en cualquier cita, por poca que sea su importancia, hay que escuchar a los ruiseñores.

—¿Por qué calla usted? —preguntó ella, mirándome a los ojos.

—Pues… Hace una noche tan bella… ¿Qué tal se encuentra su maman?

—Bien, gracias.

—¡Ejem!… Me alegro… Pues verá usted. Varvara Petrovna: quiero hablarle de un asunto… He venido exclusivamente para eso… Hasta ahora he callado, pero ya… este servidor suyo no puede seguir guardando silencio.

Varia agachó la cabeza y estrujó una florecilla entre sus dedos temblorosos. Sabía cuál era el tema de que iba a hablarle. Proseguí:

—¿Para qué callar? Por más que uno se cohíba y se retraiga, tarde o temprano tendrá que dar rienda suelta… a sus sentimientos y a su lengua. Quizá usted se enfade…, acaso no me comprenda, pero…

Me detuve un instante: había que buscar una frase a propósito.

«¡Pero habla ya de una vez! —protestaron sus ojos—. ¡Cobardón! ¿Por qué me martirizas?».

—Usted se habrá dado cuenta hace tiempo —continué— de por qué vengo a diario y la molesto con mi presencia. ¿Cómo no va a haberlo adivinado? De seguro que, con su sagacidad característica, habrá usted advertido en mí un sentimiento que… (Pausa), ¡Varvara Petrovna!

Varia se inclinó más aún. Sus dedos temblaban.

—¡Varvara Petrovna!

—¿Qué?

—Yo… ¡Bueno, para qué vamos a hablar si está a la vista! Yo la amo… Eso es todo… ¿Qué otra cosa puedo decirle? (Pausa). ¡La quiero con locura!

Mi amor es tan grande que… Mire: coja todas las novelas que se han escrito en el mundo, lea todas las declaraciones de amor que en ellas se contienen, todos los juramentos, todos los sacrificios y… todo junto le dirá lo…, lo que ahora se alberga en mi pecho… ¡Varvara Petrovna! (Pausa). ¡Varvara Petrovna! ¡¿Por qué calla usted?!

—¿Qué quiere que le diga?

—¿Va a decirme… que no?

Varia levantó la cabeza y sonrió.

«¡Qué demonio!», pensé. Ella sonrió de nuevo, movió los labios y emitió un susurro casi inaudible:

—¿Por qué voy a decirle que no?

Me apoderé de su mano como un loco, como un loco la besé y como un loco busqué la otra mano. Ella, ¡qué adorable!, mientras yo estaba entretenido con sus manos apoyó la cabeza en mi hombro; y por primera vez advertí la esplendorosa exuberancia de su cabellera.

Besé su cabeza, y sentí en mi pecho el mismo calor que si me hubieran puesto dentro el samovar. Varia alzó la cabeza, y no me quedó otra cosa que besarla en los labios.

Pero he aquí que cuando ella estaba ya en mis manos decididamente, cuando la resolución de que me diesen los treinta mil rublos se hallaba ya presta para la firma, cuando tenía ya casi en mi poder una esposa guapa, un dinero nada deleznable y una buena carrera, se le ocurrió al diablo tirarme de la lengua.

Quise presumir ante mi futura esposa, blasonar de escrupuloso y jactarme de mis principios. No me explico yo mismo con qué fin lo hice. Pero lo cierto es que no pudo salir peor.

—Varvara Petrovna —le dije, después del primer beso—. Antes que me prometa ser mi mujer, creo que es un deber sagrado decirle unas palabras para evitar posibles equívocos. Seré breve. ¿Sabe usted, Varvara Petrovna, quién soy yo y qué soy yo? Ciertamente, soy honrado… Soy trabajador… Soy…, soy altivo. Es más: incluso tengo un porvenir… Pero soy pobre… Carezco de todo…

—Lo sé —replicó ella—, Pero la felicidad no reside en el dinero.

—Cierto, cierto… ¿Quién ha hablado de dinero? Yo… me enorgullezco de mi pobreza. Los céntimos que me proporcionan mis actividades literarias no los cambiaría por los miles de rublos que…, por los miles de rublos que…

—¡Le entiendo, le entiendo! Pero…

—Estoy acostumbrado a la pobreza. Es mi compañera inseparable. Puedo pasarme una semana sin comer… Pero usted…, ¡usted! ¿Es que usted, habituada a no dar dos pasos sin tomar un coche, a estrenar un vestido cada día, a tirar el dinero; usted, que nunca ha conocido la necesidad y para quien una flor que no esté de moda es ya una gran desgracia accederá a renunciar a todos los bienes de la tierra con tal de vivir conmigo? ¡Ejem!

—Yo tengo dinero. Recibiré una dote…

—¡Tanto como nada! Para gastarse diez o veinte mil rublos bastan unos cuantos años… ¿Y qué es lo que nos espera después? ¿Necesidades? ¿Lágrimas? Crea usted en mi experiencia, querida mía. Sé muy bien lo que digo. Lo sé. Para batirse contra la miseria hace falta una voluntad firme, un carácter sobrehumano.

«¡Hay que ver la sarta de tonterías que estoy soltando!», dije para mí; pero continué:

—¡Piénselo, Varvara Petrovna! ¡Medite el paso que va a dar! ¡Es un paso definitivo! Si se siente con fuerzas para seguirme, sígame; en caso contrario, recháceme. ¡Oh, prefiero quedarme sin usted antes que privarla de su tranquilidad! Los cien rublos mensuales que me proporciona la literatura son una insignificancia. Con eso no hay para vivir. ¡Piénselo antes que sea tarde!

Al terminar esta parrafada, me puse en pie de un salto:

—Reflexione. La impotencia va siempre acompañada de lágrimas, de reproches, de canas prematuras… Deseo advertirla porque soy honrado. ¿Se considera lo bastante fuerte para compartir conmigo una vida que, en lo exterior, es tan distinta de la suya y tan ajena a usted? (Pausa).

—¡Pero es que tengo mi dote!

—¿Cuánto? ¿Veinte mil rublos? ¿Treinta mil? ¡Ja, ja, ja! ¿Un millón? Y, por otra parte, ¡cómo voy a permitirme disponer de lo…, de lo que!… ¡No! ¡Jamás! ¿Y mi orgullo?

Di unas cuantas vueltas al lado del banco. Varia se había puesto pensativa. Yo estaba lleno de júbilo: su ensimismamiento era una prueba de respeto para mí.

—Escoja, pues, entre las privaciones de la vida conmigo y la riqueza sin mí… Elija: ¿tiene usted la fuerza necesaria? ¿Tiene mi Varía esa fuerza?

Seguí hablando largo rato en el mismo estilo. Sin advertirlo yo mismo, me subí a las nubes. Hablaba y al mismo tiempo notaba una duplicidad en mis pensamientos. La mitad de mi persona se dejaba llevar por lo que decía. La otra soñaba: «Aguarda, amiga. Con tus treinta mil rublos nos vamos a dar una vida imponente. Nos sobra para mucho tiempo».

Varia me escuchaba en silencio. Por último se levantó y me tendió la mano:

—Se lo agradezco mucho —me dijo en un tono que me hizo estremecerme y mirarla a los ojos.

En sus ojos y en sus mejillas brillaban las lágrimas.

—Muchas gracias. Ha hecho muy bien en haber sido tan franco... Yo soy muy delicada... No podría... No haría pareja con usted...

Y rompió a llorar. A mí se me pusieron los pelos de punta. Siempre me desconcierta una mujer llorando. Tanto más en aquella ocasión. Mientras tanto, ella reprimió los sollozos y se enjugó las lágrimas.

—Lleva usted razón —siguió diciendo—. Si me caso con usted, le engañaré. No soy la mujer que necesita. Soy rica, mimosa, me gusta ir en coche, comer becadas y pasteles caros. Nunca pruebo en el almuerzo ninguna sopa. Mi madre me lo reprocha a menudo. Pero es que no puedo. ¡Yo ir a pie de un sitio a otro! Me cansaría... Y, además, los vestidos... Todo tendría que costearlo usted... ¡No! ¡Adiós!

Y con un ademán trágico exclamó, muy a despropósito, por cierto:

—¡No soy digna de usted! ¡Adiós!

Después de lo cual giró en redondo y se marchó.

¿Y yo? Yo me quedé pasmado como un imbécil, sin pensar en nada, viéndola alejarse y creyendo que la tierra se abría bajo mis pies. Cuando me recobré y me di cuenta de dónde estaba y de la grandiosa trastada que me había jugado mi lengua, me puse a dar alaridos. De Varia no quedaba ya ni rastro cuando se me ocurrió gritarle: «¡Espere!».

Abochornado y contrito, emprendí el camino de vuelta. En el extremo de la ciudad no había ningún coche. Como, por otra parte, tampoco tenía dinero para pagarlo, tuve que regresar a pie.

Tres días más tarde fui otra vez a Sokólniki. En la dacha me dijeron que Varia enferma, se preparaba para marcharse a Peters— burgo en compañía de su padre, a casa de su abuela. No conseguí otra cosa.

Y ahora, tendido en mi cama, muerdo la almohada y me doy de puñetazos en la cabeza. Siento como si cien cuchillos me atravesaran el corazón...

¿Cómo arreglar el asunto, lector? ¿Cómo desdecirse de lo dicho? ¿Qué le digo o qué le escribo a Varia? ¡Imposible imaginarlo! Se estropeó el asunto. ¡Y de qué manera tan estúpida!

HISTORIA RUIN

(A MODO DE NOVELA)

La cosa empezó ya en el invierno.

Hubo un baile. Tronaba la música, ardían los candelabros, los caballeros no perdían el arrojo y las damas gozaban de la vida. Se bailaba en los salones, se jugaba a las cartas en los gabinetes, se bebía en el ambigú, y en la biblioteca se hacían frenéticas declaraciones de amor.

Lelia Aslovskaya, una rubia regordeta y sonrosada de grandes ojos azules, cabello largo y con el número 26 en su tarjeta de identidad, se había sentado aparte y renegaba de todo, de todos y hasta de sí misma. Una pena le roía el alma. Lo que pasaba era que los hombres se portaban odiosamente con ella. Sobre todo en los últimos dos años ese comportamiento había sido atroz. Había notado que ya no se fijaban en ella. La sacaban a bailar con desgana. Más aún, si pasaba algún sujeto junto a ella, el muy sinvergüenza ni siquiera la miraba, como si ya hubiera perdido su belleza. Y si por casualidad alguno ponía en ella los ojos, así de sopetón, lo hacía, no con asombro ni platónicamente, sino como el que tiene apetito mira una empanadilla de carne o un cochinillo asado antes de la comida. Mientras que en años anteriores…

—¡Y así todas las soirées, todos los bailes! —rezongaba Lelia, mordiéndose los labios—. Sé muy bien por qué no se fijan en mí. Quieren vengarse. Quieren vengarse de mí porque los desprecio. Pero ¿cuándo voy a casarme por fin? ¿Es que una puede llegar a casarse así? Porque el tiempo no espera. ¡Canallas, más que canallas!

En la noche a que nos referimos el destino tuvo a bien apiadarse de Lelia. Cuando el teniente Nabrydlov, en vez de bailar con ella la prometida cuadrilla, cogió una borrachera de marca mayor y al pasar a su lado chasqueó los labios para mostrar que no se le daba un ardite, ella no pudo ya contenerse. Su cólera llegó al colmo. Se le nublaron los ojos azules y le empezaron a temblar los labios. La llantina estaba en puertas. Para que los profanos no la vieran llorar se volvió hacia las ventanas empañadas y oscuras, y ¡oh, momento milagroso! en una de ellas vio a un guapo mozo que no le quitaba los ojos de encima. El joven formaba un cuadro delicado que al punto quedó clavado en el corazón de Lelia. El chico tenía un porte elegante, los ojos llenos de amor, de sorpresa, de preguntas, de respuestas, el rostro melancólico. Lelia se reanimó al instante. Adoptó la postura oportuna y se puso a observar según convenía. Vio que el joven no la miraba casualmente, así como así, sino fijamente, con deleite y admiración.

«Dios mío —pensó Lelia—. ¡Ojalá que a alguien se le ocurra presentármelo! Éste, por las trazas, es un chico nuevo. Me ha echado el ojo enseguida».

Poco después el joven dio media vuelta, cruzó los salones y empezó a importunar a varios caballeros.

«Quiere ser presentado. Está pidiendo que no lo presenten», pensaba Lelia con un nudo en la garganta.

En efecto, diez minutos más tarde un aficionado a las tablas con cara de granuja bien afeitado se lo presentó a Lelia. El joven resultó ser «nuestro Nogtev», un artista con más talento que el mismísimo diablo. Nogtev tenía veinticuatro años, era moreno, de ojos ardientes, meridionales, y mejillas pálidas. Un bigotillo gracioso le adornaba el labio. Nunca había pintado nada, pero era artista. Llevaba el cabello largo, perilla, un dije de oro en forma de paleta colgado de la cadena del reloj, gemelos de oro también en forma de paleta, guantes hasta el codo y tacones de una altura inverosímil. Buen chico, pero bastante ganso. Tenía un papá bien nacido, una mamá por el estilo y una abuela rica. Era soltero. Estrechó con recelo la mano de Lelia, se sentó tímidamente y, una vez sentado, se puso a devorar a la moza con sus ojos grandes. Hablaba despacio y con titubeos. Lelia no daba paz a la lengua, mientras que él sólo decía «sí…, no…, yo, sabe usted…». Hablaba sin apenas respirar, respondía sin venir a cuento y, de vez en cuando, por turbación, se frotaba ligeramente el ojo izquierdo.

Lelia aplaudía con entusiasmo. Había decidido que el artista estaba chalado por ella, lo cual la invitaba a cantar victoria.

Al día siguiente del baile Lelia, sentada a la ventana de su cuarto, vigilaba triunfante la calle. Nogtev se paseaba por delante de la casa, asaeteando las ventanas con los ojos. Tenía el aspecto de alguien a punto de morir: melancólico, lánguido, delicado, calenturiento. Dos días después del baile pasó dos cuartos de lo mismo. El tercer día llovió y el joven no apareció ante la casa (alguien dijo que a la figura de Nogtev no le iba bien el paraguas). El cuarto día decidió venir de visita a casa de los padres de Lelia. Las relaciones quedaron ligadas con un nudo gordiano imposible de deshacer.

Un mes más tarde hubo otro baile. Nogtev, apoyado en el quicio de la puerta, devoraba a Lelia con los ojos. Ella, queriendo darle celos, coqueteaba desde lejos con el teniente Nabrydlov, que esta vez estaba, no borracho del todo, sino sólo achispado.

El papá de la niña se acercó a Nogtev.

—¿Usted pinta? —preguntó el papá—. ¿Le interesa a usted el arte?

—Sí.

—¡Ah! Cosa bonita, el arte… Ojalá, ojalá… Claro que Dios ha distribuido tanto talento… Sí, cada cual tiene su talento…

Tras un breve silencio continuó:

—Mire, joven, lo que debe hacer puesto que es usted pintor. Venga a visitarnos en nuestra casa de campo la primavera próxima. Hay sitios muy amenos allá. Una barbaridad de vistas, créame. Ni Rafael pudo pintarlas como ésas (pronunciaba Rapael). Nos dará usted un alegrón. Como, además, usted y mi hija… se han hecho tan amigos… ¡Ah, los jóvenes, los jóvenes…! Je, je, je.

El artista hizo una reverencia y el primero de mayo de ese año se trasladó a la casa de campo de los Aslovsky con sus bártulos. Éstos se componían de una innecesaria caja de pinturas, un chaleco de piqué, una cigarrera vacía y un par de camisas. Fue recibido con los brazos abiertos. Pusieron a su disposición dos habitaciones, dos lacayos, un caballo y todo lo que pidiera por aquella boca, con tal que diera esperanzas. Sacó toda la ventaja posible de su nueva situación: comía como un tragaldabas, bebía como una esponja, dormía a pierna suelta, admiraba la naturaleza y no quitaba los ojos de Lelia. Ésta rebosaba de felicidad. Él estaba cerca, era joven, guapo y tímido… ¡Y amaba tanto! Era tan apocado que no sabía cómo llegarse a ella. Ahora más que nunca la observaba desde lejos, desde detrás de las cortinas o de los arbustos.

«¡Amor tímido!», pensaba Leba, suspirando.

Una hermosa mañana el papá y Nogtev conversaban sentados en un banco del jardín. El papá hablaba con viveza de los encantos de la vida de familia, pero Nogtev escuchaba con impaciencia y buscaba con la mirada el torso de Leba.

—¿Es usted hijo único? —preguntó el papá entre otras cosas.

—No. Tengo un hermano, llamado Iván. Buen muchacho. Un encanto de hombre. ¿Le conoce usted?

—No tengo el honor…

—Lástima que no se conozcan ustedes. Es un soltero empedernido, ¿sabe usted? Un tipo alegre, estupendo. Hace literatura. Todas las redacciones se lo disputan. Colabora en El Bufón. ¡Lástima que no se conozcan ustedes! Oiga, ¿quiere usted que le escriba diciéndole que se reúna con nosotros? De veras que se alegrará.

Ante tal propuesta se le encogió el corazón al papá, pero ¿qué se le iba a hacer? Era preciso decir «con mucho gusto».

Nogtev dio una zapateta en el aire para mostrar lo que le agradaba la cosa y al instante envió la invitación a su hermano. Éste no tardó en presentarse, pero no solo, sino en compañía de su amigo el teniente Nabrydlov y de un perro viejo, enorme y desdentado, llamado Turka. Dijo que los había traído consigo para impedir que le atacaran los ladrones por el camino y para tener a alguien con quien beber. Les dieron tres habitaciones, un lacayo por barba y un caballo para los dos.

—Ustedes, señores míos —dijo Iván a los dueños de la casa—, no tienen por qué ocuparse para nada de nosotros.

No necesitamos cuidados ningunos. No nos hacen falta colchones de plumas, ni salsas, ni pianos. Ahora bien, si son generosos con la cerveza y el vodka ¡eso ya es otra cosa!

Si el lector puede imaginarse a un individuo de treinta años, enorme y hocicudo, con una perilla sarnosa y ojos saltones, vestido con una blusa de lino y con el cuello de la camisa ladeado, me ahorrará el trabajo de describirle a Iván. Era el hombre más insoportable de la tierra. Cuando no estaba bebido todavía podía pasar.

Cuando estaba ebrio era, sin embargo, tan inaguantable como sentarse en un cardo. Entonces hablaba sin parar, decía groserías, sin mirar si había mujeres o niños delante. Hablaba de piojos, de chinches, de braguetas, y de sabe Dios qué otras cosas. El papá, la mamá y Lelia quedaban perplejos y avergonzados cuando Iván, durante la comida, empezaba a soltar agudezas.

Por desgracia, durante el tiempo que pasó con los Aslovsky, Iván no dejó de estar ebrio un solo momento. También es verdad que Nabrydlov, el teniente pequeño y raquítico, no le iba muy en zaga.

—Nosotros no somos artistas —decía—. ¡Claro que no! ¡Nosotros somos hombres de pelo en pecho!

Iván y Nabrydlov, para empezar, se trasladaron de la casa principal, que a ellos se les antojaba sofocante, a la dependencia en que vivía el intendente, quien no sentía empacho de emborracharse con gente educada. Más tarde se quitaron las levitas y en mangas de camisa desfilaban por el patio y el jardín. Lelia tropezaba a cada instante con el uno o el otro holgazaneando en déshabillé a la sombra de un árbol. Ambos bebían, comían, daban de comer hígado al perro, hacían chistes a costa de los dueños de la casa, perseguían a las cocineras por el patio, tomaban baños con mucha algazara, dormían como lirones y daban gracias al destino por haberles deparado la venida a este sitio donde se les trataba a cuerpo de rey.

—Oye, tú —dijo una vez Iván al artista, guiñando un ojo ebrio en dirección a Lelia—, Si vas tras ella, allá tú. Nosotros no te lo impedimos. Tú llegaste primero y sabes lo que traes entre manos. ¡Que aproveche! Nosotros, con nobleza, te deseamos buena suerte.

—No te la quitamos, no —afirmó Nabrydlov—. Sería una cochinada si lo hiciéramos.

Nogtev se encogió de hombros y volvió a posar sus ojos ávidos en Lelia.

Cuando fastidia el silencio se anhela el jaleo. Cuando se cansa uno de estar sentado con decoro y compostura se busca el alboroto. Cuando Lelia se hartó de amor tímido comenzó a darse a todos los diablos. El amor tímido es una fábula para ruiseñores. Lo peor de todo era que el artista venía a ser tan tímido en junio como lo había sido en mayo. En la casa grande confeccionaban el ajuar de la novia. El papá, día y noche, pensaba en el préstamo que tenía que pedir para la boda, pero mientras tanto las relaciones entre Leba y el artista seguían siendo indecisas. Lelia obligaba al mozo a pasar con ella el día entero, pescando. Pero esto tampoco daba resultado. El joven permanecía junto a ella con la caña en la mano, sin decir esta boca es mía, devorándola con los ojos… y nada más. Ni una sola de esas palabras que son a la vez dulces y terribles. Ni una sola declaración.

—Llámame… —le dijo una vez el papá— Llámame…, perdona que te hable de tú… Yo, cuando le cobro afecto a alguien… Llámame papá. Eso me gusta.

El artista, tontamente, empezó a llamarle papá, pero ni por ésas. Seguía tan mudo como antes. Era cosa de quejarse a los dioses por haber dado al hombre sólo una lengua en lugar de diez. Iván y Nabrydlov pronto advirtieron la táctica de Nogtev.

—¡Que el diablo te entienda! —murmuraban—. Estás como el perro del hortelano. ¡Qué bestia! ¡Trágate lo que se te viene por sí solo a la boca, so alcornoque! Si tú no quieres, aquí estamos nosotros. ¡Pues sí!

Mas todo llega a su fin en este mundo, y a su fin llegará esta historia. Llegaron a su fin hasta las indecisas relaciones entre el artista y Lelia. El desenlace del asunto ocurrió a mediados de junio.

Era un anochecer tranquilo. Había algo aromático en el aire. Los ruiseñores cantaban estrepitosamente. Susurraban los árboles. El ambiente rezumaba deleite, para decirlo con la lengua larga de los literatos rusos. Por supuesto, había también luna. Para completar este cuadro poético y paradisíaco sólo faltaba el señor Fet quien, escondido tras un arbusto, hubiera leído en alta voz sus seductoras estrofas.

Lelia, sentada en un banco, envuelta en un chal, miraba el riachuelo a través de los árboles.

«Pero ¿es que soy tan inaccesible?», pensaba. Y en su fantasía se veía a sí misma como mujer majestuosa, orgullosa, arrogante. La llegada del papá interrumpió sus reflexiones.

—Bueno, ¿qué? —preguntó papá—, ¿Sigue todo lo mismo?

—Lo mismo.

—¡Demontre! ¿Cuándo acabará esto? Porque, hija, cuesta caro dar de comer a estos haraganes. Quinientos rublos al mes. No es una broma. Sólo el perro se come treinta kopeks de asadura al día. Si de pedir la mano se trata, que la pida, y si no, que se vaya a freír espárragos con el hermano y con el perro. ¿Dice algo, por lo menos? ¿Habla contigo? ¿Da explicaciones?

—No. ¡Ay, papá, es un chico tan apocado!

—Apocado… ¡Ya vamos conociendo su apocamiento! Nunca mira de frente. Espera, que te lo mando aquí enseguida. Termina con él, niña. No hay que andarse con remilgos. Y en cuanto a maña, me parece que te la das muy buena.

Se fue el papá. Unos diez minutos después apareció tímidamente el artista entre una mata de lilas.

—¿Me ha llamado usted? —preguntó a Lelia.

—Sí, acérquese. Basta ya de rondarme. Siéntese.

El artista, casi a hurtadillas, se acercó a Lelia y, casi a hurtadillas, se sentó en el borde del banco.

«¡Qué guapo que está en la oscuridad!», pensaba Lelia; y, volviéndose hacia él, dijo:

—Cuénteme algo. ¿Por qué es usted tan poco comunicativo, Fiodor Pantaleich? ¿Por qué está siempre callado? ¿Por qué no me abre nunca su corazón? ¿Qué he hecho para merecer de usted tal desconfianza? Me duele mucho, se lo aseguro… Se diría que no somos amigos. Vamos, hable.

El artista carraspeó, respiró entrecortadamente y dijo:

—Necesito decirle muchas cosas, pero muchas.

—¿De qué se trata?

—Temo que se ofenda usted, Yelena Timofeyevna. ¿No se ofenderá usted?

Lelia rio nerviosamente.

«Ha llegado el momento —pensaba—. ¡Hay que ver cómo tiembla! Estás cogido, amigo».

Empezó a ponérsele carne de gallina y sentía ese estremecimiento tan bienquisto de los autores de novelas.

«En diez minutos empiezan los abrazos, los besos y los juramentos… ¡Ay, ay!». Soñaba ya, y para echar más leña al fuego rozó al artista con el codo cálido y desnudo.

—Bueno, ¿de qué se trata? —preguntó—. No soy tan quisquillosa como usted se figura… (Pausa). Hable, pues. (Pausa). Ande, hombre.

—Verá usted…, yo, Yelena Timofeyevna, no amo en el mundo nada tanto como el arte, quiero decir, como las artes plásticas. Mis camaradas aseguran que tengo talento y que puedo llegar a ser un artista estimable.

—¡Oh, sí! ¡Qué duda cabe!

—Bien, pues… adoro el arte… Quiere decir que… Prefiero la pintura de género, Yelena Timofeyevna. El arte, ¿sabe usted?… Qué noche tan maravillosa.

—Sí, noche singular —dijo Lefia; y, enroscándose como una serpiente, se envolvió en el chal y cerró los ojos a medias. (Las jovencitas, cuando se trata de cosas de amores, son terriblemente jóvenes).

—Yo, verá usted —prosiguió Nogtev, casi quebrándose los dedos—, me proponía hablarle desde hace ya tiempo, pero… tenía miedo. Pensaba que iba usted a enfadarse… Pero si me comprende usted bien, no se enfadará. A usted también le encanta el arte.

—¡Ah sí! ¡Cómo no! ¡El arte, no digamos!

—¡Yelena Timofeyevna! ¿Sabe por qué estoy aquí? ¿No sospecha usted?

Lefia quedó desconcertada y, como por descuido, puso la mano en el codo de él.

—Es verdad —continuó Nogtev después de un breve silencio— que hay algunos sinvergüenzas entre los artistas… Es verdad. No aprecian en nada el pudor femenino. Pero yo… yo no soy de ésos. Yo tengo el sentimiento de la delicadeza. El pudor femenino es un… un pudor tal que… no es posible menospreciarlo.

«¿Por qué me dirá esto?», pensaba Lefia, ocultando los codos en el chal.

—No soy como ésos… Para mí la mujer es algo sagrado. Así, pues, no tiene usted nada que temer. Yo no soy de ésos; yo no me permito hacer tonterías… Yelena Timofeyevna, ¿me da usted su venia? Entonces, escuche. Yo, se lo juro solemnemente, no vivo para mí mismo, sino para el arte. Para mí lo primero es el arte y no la satisfacción de los instintos animales.

Nogtev le cogió una mano. Ella se inclinó un poquito hacia él.

—¡Yelena Timofeyevna! ¡Ángel mío! ¡Encanto!

—¿Sí...?

—¿Puedo pedírselo?

Lelia volvió a reír nerviosamente. Sus labios se prepararon para el primer beso.

—¿Puedo pedírselo? Se lo mego. Es para el arte, se lo juro. Me gustaría tanto, tanto. Es usted precisamente lo que me falta. ¡Que las otras se vayan a paseo! Yelena Timofeyevna, amiga mía, sea usted...

Lelia se irguió, lista para el abrazo. El corazón le latía con fuerza.

—Sea usted mi...

El artista se apoderó de la otra mano. Ella, sumisa, inclinaba la cabeza hacia el hombro de él. Lágrimas de felicidad le brillaban en las pestañas...

—Querida mía, ¡sea usted mi... modelo!

Lelia levantó la cabeza.

—Su... ¿qué?

—¡Sea usted mi modelo!

Lelia se levantó.

—¿Qué? ¿Cómo?

—Mi modelo. Séalo usted.

—¡Ah...! ¿Sólo eso?

—Le quedaría muy agradecido. Me daría usted ocasión de pintar un cuadro... ¡y qué cuadro!

Lelia se puso pálida. Las lágrimas de amor se trocaron de repente en lágrimas de desolación, de cólera y de otros malos sentimientos.

—De modo que... ¿era esto? —logró articular, toda temblorosa.

¡Pobre artista! Una roja oleada cubrió una de sus blancas mejillas y el sonido de una sonora bofetada, mezclado con el de su propio eco, repercutió por el jardín oscuro. Nogtev se frotó la mejilla y quedó estupefacto, presa de un pasmo. Sentía como si se lo tragara el universo... Le saltaban relámpagos de los ojos...

Lelia, temblando, aturdida, pálida como una muerta, dio un paso adelante tambaleándose. Sentía como si una rueda le hubiera pasado por encima del cuerpo. Sacando fuerzas de flaqueza, tomó el camino de casa con paso inseguro y penoso. Se le doblaban las piernas, echaba chispas por los ojos, se llevaba las manos al pelo con intención evidente de arrancárselo…

Sólo le faltaban unos cuantos metros para llegar a casa cuando una vez más tuvo motivo para ponerse pálida. En el camino, junto al cenador cubierto de espeso parral, estaba el hocicudo Iván, ebrio, con los brazos desmesuradamente abiertos, el cabello en desorden y el chaleco desabotonado. Clavó los ojos en el rostro de Lelia, se sonrió sardónicamente y profanó el aire con una carcajada mefistofélica. Cogió a Lelia de la mano.

—¡Largo de aquí! —bramó la joven, y retiró bruscamente la mano…

¡Historia ruin!